그동안
살아온 나에게
고맙다

그동안 살아온
나에게 고맙다

김나래 지음

| 작가의 말 |

한동안 어떤 문 앞을 서성였습니다.
차마 들어가지도, 닫지도 못하고
오랫동안 그 앞을 맴돌았습니다.

어떤 문은 오래 닫혀 있었고
어떤 문은 자주 드나들었으며
또 어떤 문은 새로운 문으로 바뀌기도 했습니다.

하나의 이야기를 떠올릴 때마다 저는 마음 속에 있는 문을 열고 들어가는 기분이 들었습니다.
그렇게 문을 열고 들어가
나를 만나고 사람을 만나고 재경험하는 동안
저는 자주 실망하고 서글펐지만
또 자주 긍정하고 감사했습니다.

종종 삶을 오해하면서도 끝내는 이해하고 싶어
그 문들을 열고 닫은 흔적들을
여기에 옮겨 적습니다.

마지막 문을 닫고 나오며
그동안 살아온 나에게,
당신에게 고맙다는 말을 전합니다.

2019년 가을
김나래

| 목차 |

자아의 탄생 1

내가 결코 특별하지 않다는 것을 처음으로 느낀 것은 8살 어느 밤이었다. 그 전에도 그런 기분을 느꼈는지는 몰라도 지금 내가 기억하는 가장 오래된 장면은 그것이다. 자기 전 나는 멀뚱히 천장을 쳐다보고 있었고 문득 이상한 기분에 휩싸이게 된다.

나는 왜 나지?

나는 이 간단한 질문에 의해 난생 처음으로 도저히 감당할 수 없는 난제에 직면하게 된다.

왜 나는 내 짝꿍 유진이가 아니라 나지? 걔는 나랑 또 어떻게 다른 거지? 지금 유진이는 무얼 하고 있을까?

나는 당장에라도 유진이에게 전화를 걸어 이 모든 것을 확인해보고 싶은 충동에 휩싸였다.

유진이가 나와는 다른 시간을 경험한다는 것이 도

무지 이해가 되지 않았다. 그 애의 입장에서 그 애의 기분으로 무언가를 생각하고 느끼려 시도해 보아도 나는 절대 유진이가 되지 못했다. 나는 그냥 나였다.

왜 같은 시간에 다른 일들이 벌어지는 거지? 내가 겪는 일은 왜 나만 겪을 수 있는 거지? 어떻게 사람마다 다 다르게 살아갈까? 그럼 결국에 나는 뭐지?

그러다가 또

그래서…… 왜 나는 나지?

이 '나' 라는 존재에 대한 신비로움은 8살 소녀를 쉬이 잠들 수 없게 만들었다. 우리가 같은 시간과 세계를 공유하면서도 전혀 다른 삶을 살아간다는 것은 어린 나에게는 굉장한 발견이자 충격이었다.

존재라는 것, 존재하고 있다는

이 느낌을 가진 인격체는 그때까진 나라는 사람이 유일했고 그전까지는 한번도 누군가(이를테면 내 짝꿍 같은)가 나와 같을 거라는 생각을 해 본적이 없었다. 당연히 다른 사람들의 입장에서 생각해 본 적도 없었고. 지금껏 세상은 오로지 나를 중심으로만 돌아가고 있었다. 그런데 모두가 나와 같은 중심에 서있다니!

그날 밤, 나는 세상에 무수히 많은 사람들이 모두

각자의 자아를 가진, 나와 똑같은 존재들이라는 사실을 불현듯 깨달으며 혼란과 경이로움을 동시에 느끼게 됐다.

그것이 내가 처음 느낀 세상에 대한 신비였다. 이후로 줄곧 나는 사람들의 생각과 느낌을 궁금해 했고 대화할 때 자주 그것에 대해 물어보곤 했다. 결코 그가 될 수 없는 나는 최대한 내가 할 수 있는 만큼 그가 되어 되어보려 했다. 타인의 자아에 대한 호기심 때문이기도 하지만 타인이 되어볼수록 어쩐지 나는 더욱 내가 되어가는 기분이 들었다. 타인을 이해할수록 더욱 나를 이해하는 기분이 들었다.

나는 아직도 어릴 적의 나처럼 멀뚱히 천장을 바라볼 때가 있다. 그건 주로 잠들기 전이나 자고 일어난 직후, 현실과 허구를 동시에 배회할 때, 그 틈으로 내가 되어 보지 못한 누군가가 되어보는 상상을 한다. 그러다 완전히 현실세계로 돌아왔을 때, 가만히 빈 천장을 바라보며 왜 나는 나인지, 어째서 나는 그가 아닌 나인지, 나는 왜 유진이가 될 수 없는지에 대해 생각해보곤 한다.

서른셋이 된 지금, 나는 그 옛날 여덟 살의 나와 그리 다르지 않다. 아직도 나는 나에 대해, 타인해 대해, 이 세계에 대해 궁금해 하는 어린 아이일 뿐.

자아의 탄생 2

그때 나는 유치원생이었다. 아마 6, 7살쯤 되었을까? 하루는 엄마 친구들이 집에 놀러왔다. 어떤 대화를 하고 있었는데 내가 모르는 단어가 나오기에 그게 뭐예요? 하고 묻자 넌 어리니까 몰라도 돼, 너는 설명해줘도 몰라, 라며 어른들이 내게 한마디씩 하기 시작했다.

나도 다 아는데…… 뭘 자꾸 모른다는 거야.

그날뿐만 아니라 그 이후로도 이런 비슷한 상황이 계속됐다. 내가 초등학교에 입학한 뒤에도 어른들은 그게 무슨 뜻이냐고 묻는 내게 음, 그건 그냥 좋은 말이야, 칭찬!, 하며 말을 대충 얼버무려 넘기곤 했다. 추측해 보건데 그건 전혀 칭찬 같지도 않은, 오히려 썩 좋지 않은 의미를 내포하고 있는 말인 게 분명했다. 보통 어른들이 '좋은 말' 이라고 하는 것들은 대체적으로 그렇지 못한 경우가 많다는 것을 자라면서 알 수 있었으니까.

어른들과 대화를 하며 도무지 이해할 수 없었던 건, 바로 '어른들의 세계' 였다. 그게 그렇게 특별한 건가? 내가 어른이 되면 뭔가 특별해 지는 건가? 어른이 된다는 건 어떤 느낌일까? 어른이 되면 내가 정말 모르는 새로운 세계가 펼쳐지는 걸까? 지금의 나와는 완전히 달라질까?

어린 나로서는 절대 알 수 없었던 그 세계가 나는 무척 궁금해졌다. 그래서 나는 그때 한 가지 실험을 해보기로 했다. 일단 그 실험이 성공하려면 시간이 필요했다. 아니 실험에 필요한 것은 사실 그게 전부였다. 바로 10년, 15년이 지난 뒤에 오늘을 기억하고 내가 어떻게 달라졌는지를 살펴보는 것이었다.

나는 그런 결심을 한 뒤 실제로 2, 3년에 한 번꼴로 그것을 기억해 냈다. 그럴 때마다 지금의 내가 그때와 무엇이 다른지에 대해 곰곰이 생각해 보면서. 마침내 성인이 되고 과거의 그 날을 떠올리자 나는 그 조그만 유치원생 아이와 지금의 내가 전혀, 아무것도 다를 게 없다고 결론을 내리게 되었다.

그때 왜, 어떻게 그런 쓸데없는 실험을 할 생각을 했는지는 모르겠지만 확실한 건 그때는 20살의 내가 믿겨지지가 않았다는 거다. 너무나 믿겨지지 않아서, 너무나 불분명하고 도무지 상상할 수가 없어서 나는 어서 그걸 빨리 잡고 싶었고 그 세계를 갖고 싶었다. 그런 나의 바람 때문에 20살의 나를 상상하며 뜬금없이 그런 실험을 하기로 결심했는지도 모른다.

실험이 끝나고 내가 알게 된 사실은 아이들은 어른들이 생각하는 것처럼 미숙하지 않다는 것이었다. 어른이 아이에게 저지르는 가장 많은 실수 중 하나는 아마도 아이를 아이처럼 대하는 일일 것이다. 아이는 엄연히 하나의 인격체이자 지성체인데 어른은 아이를 마치 자신보다 하등하다고 생각하고 그렇게 대하곤 한다. 나는 결코 어린 아이들이 어른들에게 못 미치는 의식 수준을 가지고 있다고 생각하지 않는다. 다만 아이들은 세상과 사람들을 해석할 지식과 자료와 근거가 부족할 뿐이다.

가끔 아이들의 말과 행동에서 어른스러움이랄까, 허를 찌르는 통찰 같은 것들에 놀랄 때가 있다. 아니 재는 이렇게나 어린데 어떻게 저런 생각을 할까, 어쩜 저렇게 성숙할까, 하는 생각을 하면서 말이다. 나 역시 언젠가부터 여느 어른들처럼 아이들을 얕보고 있었다는 생각을 하면 아찔하다. 장장 10년이 넘는 시간에 걸친 실험을 했는데도 불구하고 여전히 이 모양이니 말이다. 어쩌면 아이들은 어른들의 '아이다움' 이라는 강요에 맞게 행동하고 있는지도 모른다는 생각이 든다. 어른들의 기대에 맞게 살아가면서 반대로 아이다움을 찾아가는지도. 아이를 나와 다를 바 없는 인격체로 존중하며 대한다면 그 아이는 나보다 훨씬 훌륭한 사고나 관점을 보여줄지도 모르겠다.

내가 태어나 극장에서 처음 본 영화는 한국어로 더빙된 '라이온 킹' 이었다. 나는 막 초등학교에 입학했거나 아니면 그보다 어렸다. 그 때 영화를 보는데 거기에 나오는 대사와 내용들이 잘 이해가 되지 않았다. 나보다 나이가 많은 언니 오빠들과 어른들은 어떤 장면에서 박장대소를 하고 웃었는데 나는 그런 감정들을 느낄 수 없었다. 단순히 영상에 대한 느낌과 동물들의 표정을 보고 조금씩 기쁘거나 슬프거나 했을 뿐이다. 지금 생각해보면 그게 딱 영어로 된 영화를 보는 기분이었다. 내 이해력이 화면 속 대사와 내용을 따라가지 못하고 있었다.

그때 나는 영화를 이해하는 사람들이 무척 신기했다. 내가 지금 말을 이해하는 속도가 어른들보다 상대적으로 훨씬 느리다는 것, 그리고 내가 아이임을 직접적으로 느끼게 된 사건이었다. 나는 아직 학습이 덜 되어서, 말을 하고 이해하는 속도가 느려서, 충분히 한글이 익숙하지 않아서 그 영화를 완전히 이해할 수 없었던 것이다.

생각해보면 나는 조금 느린 애였다. 글을 쓰고, 읽고 이해하는 것 등의 모든 것이. 언어로 한번 해석해서 내게 들어오는 정보는 빨리 이해가 되지 않았다. 그보다는 미술처럼 사고를 거치지 않고 직관적으로 파악하는 것이 내게는 훨씬 쉬웠다.

그러나 한번 이해한 것에 대해서는 남들보다 조금 더 깊이, 그 주변부까지 방대하게 이해했다. 그렇기 때문에 주입식의 학교 수업은 내게 고역이었다. 특히 중, 고등학교 고학년으로 올라갈수록 더욱 그랬다. 선생님은 어떤 공식을 알려주면서 무조건 외워서 문제를 풀게 했는데 나는 도저히 그럴 수가 없는 애였다. 외우는 것도 못했지만 일단 그 공식을 이해하기 전까지는 풀 수가 없었던 것이다. 그래서 하나의 공식을 이해할 때까지 여러 가지 종류의 책들을 펼쳐놓고 공부했다. 그러나 하나의 공식을 완전히 이해했을 때 이미 다른 아이들은 10개의 공식을 외우고 있었다. 나는 이해하기 전까지는 아무 것도 하지 않는 애였다. 왜인지를 알기 전까지는 아무것도 알지 않았고, 왜 해야 하는지를 알기 전까지는 아무것도 하지 않았다. '왜' 라는 것에 대한 답이 선행되기 전까지 나는 아무것도 할 수 없었다.

나는 그 당시 사람들이 조금 별나다고 생각했다. 왜 해야 하는지도 모르면서 하는 사람들이 이상해 보였다. 아마 사람들은 그런 내가 오히려 별나다고 생각했을 것이다. 사람들은 나를 조금 어리숙하고 순진하고 모자라게 봤다. 그러나 조금 느리다고 해서 내가 사고가 떨어지거나 의식 수준이 낮았다고 할 수는 없지 않은가? 그건 완전히 별개의 문제인데.

언젠가 나는 사람의 의식 수준이 태어나는 동시에 결정된다는 이야기를 책에서 읽은 적이 있다. 세상에 나올 때 이미 각인된 의식은 죽을 때까지 거의 변하지 않는다는 이야기였다. 참 놀라웠다. 그리고 한편으론 두려웠다. 앞으로 죽을 때까지 내가 성장하지 못하게 되는 건 아닌지, 하는 마음에. 그러나 성장과 의식은 또 다른 문제인 거라고 생각을 하자 조금 안심이 됐다.

나는 이것을 컴퓨터로 비유해 생각해 보았다. 사람의 의식은 CPU에 비유해 볼 수 있다. 이미 설계되어 나온 컴퓨터의 가장 중요한 요소는 CPU일 것이다. 어떤 노력을 해도 한번 정해진 CPU의 성능 범위 이상으로는 나아질 수 없고 그 한계를 넘어서지 못한다. 그러나 한번 정해진 것이라고 해서 모든 컴퓨터가 동일한 성능과 특성을 갖지는 않는다. 주기억장치인 램(RAM)이라든지 보조기억장치인 HDD, SSD, 또 다른 여러 가지 부품들을 사용함으로써 같은 CPU를 가진 컴퓨터일지라도 그 안에서 성능은 다시 천차만별이 된다. 그런 전체적인 부품들의 조합과 사용자의 관리 능력에 따라 할 수 있는 일과 할 수 없는 일, 가능한 프로그램과 또 그렇지 않은 프로그램이 나뉘게 된다.

사람도 이처럼 생각한다면 우리가 이미 가지고 있는 것, 타고난 의식의 수준 차이는 있겠지만 그 안에서 여러 가지 요소를 배우고 개발하면 같은 의식을 지녔다 할지라도 훨씬 우수한 품성, 기질, 능력이 발휘될 수 있다. 복합적인 요인에 의해서 더 높은 등급의 CPU를 가진 컴퓨터보다 더 낮은 CPU의 컴퓨터가 훨씬 뛰어난 성능을 가질 수 있는 것처럼 사람도 마찬가지일 거라 생각한다.

어떤 부분에서 사람은 자신이 가지고 있는 의식 내에서만 세상을 바라보고 이해할 수 있을 지도 모른다. 그러나 나는 그것이 꼭 나이에 한정되어서, 시간에 비례되어 더 계발되는 속성이라고는 생각지 않는다. 단순히 나보다 어리다고 해서, 어떤 한 부분이 미숙하다고 해서 전체적으로 그가 나보다 열등하거나 하등하다고 치부할 수는 없으니까.

우리의 이해는 언어의 기반 위에 생겨나는 것이 대부분이지만 모든 이해가 꼭 언어를 통해서만 형성되는 것은 아니다. 모르는 단어가 있다고 해서, 말귀를 잘 못 알아듣는다고 해서 그가 나보다 낮은 이해력을 가지고 있다고 속단하면 안 된다. 그는 나보다 더 나은, 다른 훌륭한 이해 방식을 가지고 있을지도 모르니까. 어쩌면 아이가 어른보다 더 나은 의식을 가지고 있을지 모르니까.

이제 나는 나이가 들어도 별로 달라지는 건 없다는 것을 안다. 그래서 40대가 되고 50대가 된 나의 모습을 믿을 수 있게 되었다. 더 이상 나는 어린 시절의 실험 같은 것은 하지 않게 되었다.

나는 가끔 엄마 아빠에게 묻는다. 20대 때의 마음이 지금과 다른 게 있느냐고. 그러면 부모님은 대답한다.

아니, 마음은 아직도 거기에 있어. 몸만 늙었네.

그 대답을 이제 나도 이해한다. 그리고 그 대답은 죽을 때까지 그림자처럼 나를 따라다닐 것이다. 어른이 되면 많은 것들을 망각한다. 누구나 겪었지만 어른이 되면 내가 아이였다는 사실을 자주 잊는다. 지금의 나는 아이였던 나의 반영이고 노인이 될 나는 지금의 나의 반영이다. 겉모습의 내가 변해가도 속모습의 나는 변함없이 나이고 나일 것이다.

내가 어린 시절에 문득 생각하고 발견했던 나 자신의 자아와 의식, 존재에 대한 기억은 현재의 나를 끊임없이 환기시킨다. 그것이 이토록 오래도록 나를 따라다니는 것은 영원히 변하지 않는 나 자신에 대한 본질을 일깨우기 위함이라는 생각이 든다.

어릴 때는 믿을 수 없었던 미래를 붙잡고 싶었고, 어서 어른이 되고 싶었고, 빨리 와주기를 바랐다. 미래를 믿을 수 있게 된 지금은 그것이 너무 빨리 내게 오지 않기를 바라고 있다. 될 수 있는 한 내 미래가 천천히 와주기를.

내가 사랑한 것들은
언젠가 날 울게 만든다

4년 전에 친구에게 다육이를 선물 받았다. 여섯 개 중에 지금은 세 개만이 남아있다.

재작년 여름, 더위와 병충해로 시름시름하던 녀석들은 뜨거웠던 계절을 끝내 살아남고는 허무하게도 그 해 겨울에 죽어버렸다. 녀석들은 내가 방에서 음악을 들으면 함께 듣고 내가 기뻐하거나 슬퍼할 때 유일하게 그것을 함께 해 준 생명체였다. 혼자 있는 방 안에 생명체가 있다는 것이 그렇게 위안이 될 수 있다는 걸 그 전까지 나는 미처 몰랐다. 나와 함께 살아있다는 것, 그 새파란 잎들을 보고 있으면 나는 이유 없이 힘을 얻었다.

그 여름에 잎사귀에 반점들이 번져가며 말라가는 모습을 보고 나는 엉엉 울었고 그 때 나는 이제 다시는 식물을 키우지 않겠다는 다짐을 했다. 내 모습을 지켜보던 엄마가 다른 식물을 선물해 주겠다며 나를 달랬는데 그것은 내 것이 아니며 세상에 어떤 다육이들도 이 녀석들이 될 수 없다는 것을 알기에 전혀 위로가 되지 못했다. 내가 사랑했던, 정성을 쏟았던 다육이는 오직 이것들뿐이었으니까. 그 녀석들을 거의 포기했을 무렵 기적처럼 다시 살아나 내게 두 계절 동안의 희망을 주고는 어떤 이유에서인지 아주 죽어버렸을 때, 나는 내 슬픔이, 울음이 잠깐이나마 녀석들에게 전해진 게 아닌가 하는 쓸쓸한 가정도 해 보았다.

그 때 병을 얻은 녀석들을 살리기 위해 인터넷으로, 전화로 이런저런 것들을 찾아보곤 했는데 식물을 제대로 키우려면 살균제나 살충제 같은 약이 필요하다는 사실을 알게 됐다. 그 조그만 다육이들에게 무슨 약인가, 하는 생각이 들어 나는 약을 쓰지 않았는데 지나고 보니 병이 완전히 낫지 않은 상태로 방치되어 죽어버린 것이 내 잘못인 것만 같아 한참을 후회했다.

어릴 적 우리집 마당에는 여러 마리의 개를 키웠고 집 안에서는 '토미' 라는 이름을 가진 요크셔테리어를 한 마리 키웠다. 그 땐 내가 어려서 마냥 예뻐할 줄만 알지 먹이를 주거나 씻기고 산책을 시키는 등의 책임에 대해서는 전혀 알지 못했다. 그런 책임은 온전히 우리 엄마의 몫이었고, 갖고 싶은 욕망만 있지 뭐 하나 제대로 돌볼 줄도 모르는 내 동물들의 뒤치다꺼리는 늘 엄마에게 떠넘겨졌다.

언젠가 한 번은 거북이를 키운 적이 있었는데 제때 물갈이를 해주지 않아 똥물이 되어버린 거북이집을 들고 엄마의 잔소리를 들으며 청소했던 기억이 난다. 그 때 그 거북이들의 집 청소는 내 몫이었는데 일단 내 것이 되어버린 동물이 금세 귀찮아졌고 나는 내 할 일을 언제까지고 미뤘다. 초등학교 때 학교 앞에서 사온 병아리를 돌본 것도 엄마, 그 생명체가 죽어나간 후의 수습을 한 것도 엄마였다.

철없게도 나는 늘 새로운 동물들을 사달라고 졸랐는데 언젠가는 이구아나를 사달라고 졸라서 엄마 손을 붙잡고 애완샵에 들어간 적도 있었다. 나는 새로운 생명들이 죽어나갈 때 일말의 미안함도 느낄 수 없었는데 그 땐 그만큼 '책임'이라는 단어에 속한 그 진지하고도 엄숙한 의미를 알지 못했다.

자라면서 동물을 키울 때 어떤 책임이 뒤따르는지를 점차 깨달아가면서 더 이상 동물을 키우거나 사달라고 조르지 않게 되었다. 나는 정말이지 무언가를 책임질 수 있는 사람이 아니었다.

그러다 성인이 되고 우연히 다육이를 선물 받고 그것들을 키우게 되자 동물 뿐 아니라 작은 식물에게조차 책임감이 뒤따른다는 사실을 알게 되었다. 뭔가에 애정을 쏟고 사랑하고 정이 드는 건 생명체가 아닌 물건에도 똑같이 적용이 된다는 사실도. 그러니까 꼭 살아 있다고 해서, 사람이라고 해서 더 정이 드는 것도 아닌 것이다. 내 것, 내 물건, 내 주변의 것들은 살아있든 그렇지 않든 간에 나와 상관없는 사람들보다는 훨씬 더 소중하게 느껴지니까.

어떤 것이 나의 반경으로 들어올 때, 나에게 속할 때, 내 것이 되었을 때, 그 순간부터 막중한 책임도 내게 함께 부과가 된다는 것을 알게 되자 나는 뭐든지 최대한 적게 소유하자는 마음이 생겨났다. 내가 책임질 수 없는 것들을 소유하지 않는 것, 이것이 내가 가지고 있는 책임감이다. 내게 속한 것들이 나를 떠나갈 때, 마지막 순간과 그 이후에 남겨진 감정의 찌꺼기들까지도 모두 내가 책임질 수 있을 때 나는 무언가를 소유하고 싶다. 잃고 한 후의 상실감까지도 온전히 나의 책임으로 남겨지므로.

"내가 사랑한 것들은 언젠가 날 울게 만든다."

언제가 책에서 읽었던 이 문구를 보고 나는 소유와 책임에 대해서 다시 한 번 깊은 숙고를 하게 됐다.

여전히 나는 세 개의 다육이들을 키우고 있다. 언젠가 녀석들은 나를 울게 만들 테고 그 책임이 끝이 나면 나는 당분간 다른 식물을 들여오지 않을 생각이다.

당신이 나의
위로이기를 바란다

최근에 우연히 어떤 글을 보았다. 슬플 때 위로해 주는 사람보다 기쁠 때 축하해 주는 사람이 진정 나를 아끼는 사람이라는 글이었다. 장례식보다 결혼식에 오는 친구가 진짜 친구라고. 불행한 사람에게 위로하기는 쉽지만 행복한 사람에게 시기, 질투 없이 진심으로 축하해줄 수 있는 사람은 드물다고. 일리 있는 말이기는 했지만 내가 여태까지 엄마에게 배운 삶의 방식과는 좀 다른 논리였다.

몇 년 전, 둘째 이모부가 갑자기 돌아가셨다. 부고 소식에 나는 함께 시간을 보내던 친구와 함께 장례식장으로 갔는데 친구는 차마 장례식장 안에는 들어가지 못하고 다시 집으로 돌아갔다. 좋은 일도 아닌데… 내가 이렇게 불쑥 찾아가도 되는지 모르겠어, 라는 말을 남기고.

사정을 들은 엄마는 걱정 말고 데려오지 그랬냐며 '슬픈 일일수록 힘을 주고 나눠야 한다' 고 말했다. 우리는 축하보다 더 많은 위로를 해야 한다고. 별 것 아닌 것 같았던 그 날 엄마의 말은 이상하게도 가슴에 박혀 잊히질 않았고 그 이후로 나는 지인의 장례식장은 빠짐없이 찾아가게 되었다. 몇 시간이 걸리든, 내가 어디에 있든 상관없이 장례식장에 가서 조문을 했고 더운 국밥을 후후 불어 먹으며 그들을 위로 했다.

반면에 결혼식은 참석을 못 한 일이 많았다. 누군가의 말처럼 그를 질투하거나 시기해서가 아니라 동시간대에 사정이 있으면 결혼식을 포기할 수밖에 없었기 때문이다. 시간에 크게 구애받지 않는 장례식보다 결혼식은 정해진 시간이 있다는 것도 불참의 큰 원인이 될 수 있었다.

그러나 내가 장례식장을 더 공들여 찾아갔다 해도 그게 더 쉬운 일이었다는 의미는 아니다. 내게는 축하보다 조문을 하러 가는 일이 언제나 더 어려웠다. 어떻게 위로를 해야 할지, 어떤 말을 건넬지, 그런 생각들은 나를 무겁게 했다. 그냥 내 발걸음이, 내 위로가, 같이 앉아 밥을 먹거나 얘기를 하는 게 그에게 위안이 되기를 바라며 무작정 갔던 것 같다.

내 나이대에 죽음은 드문 일이고 대부분 지인의 부모, 또는 조부모인 경우가 많았기 때문에 그것은 내가 굳이 직접 가지 않아도 되는 핑계가 될 수 있었다. 당사자가 직접 겪지 않는 일까지 신경 쓰기는 어려우니까. 그러니 장례식장을 찾아 가는 것이 결코 결혼식보다 더 쉽거나 편하지는 않았던 것이다.

행복하거나 불행할 때, 언제 사람들을 더 필요로 할까? 라고 스스로에게 물으니 나는 명백히 불행할 때일 것 같았다. 내가 기쁠 때는 마음이 그만큼 더 열려 있어서 누군가에게 축하를 받지 않아도 나는 행복할 수 있다. 아니면 이미 충분한 축하를 받았을 지도.

그러나 내가 슬프고 괴로워 마음이 좁아졌을 때는 누군가의 위로나 응원이 있어야만 다시 제자리를 찾을 수 있다. 말 한마디에도 우리는 다시 일어설 희망을 보니까.

행복을 끊임없이 찾아다니면서도 나는 가끔 불행을 본다. 꼭 새로운 기쁨을 발견하지 못하더라도 마음의 슬픔이 회복된다면 그것이 행복일 수 있지 않을까? 아픔이 치유되는 것만으로도 행복할 수 있는 것 아닐까?

축하와 위로로 진짜 친구, 가짜 친구를 거르고 나누는 건 내게 하나도 중요하지 않다. 그보다 더 중요하게 다가왔던 것은 엄마의 말이었다. 아픈 사람에게는 위로가 필요하다는 것. 내가 어떤 사람으로 비춰지는가보다 당사자가 어떨지가 더 중요한 문제였다. 축하와 위로 중 어떤 것이 더 쉽고 어려운 일인지는 모르겠지만 확실한 건 축하할 수 없는 사람은 위로도 할 수 없다는 것이다. 그 두 개는 상반된 것 같지만 다른 이름의 옷을 입고 있는 동일한 단어이다.

언젠가 장례식장에서 만난 친구가 내게 물었다.

야 너는 뭐 안 좋은 일이 있을 때만 꼬박꼬박 오니?

가시 돋친 친구의 말을 나는 웃어넘겼지만 속으로는 이런 말을 했던 것 같다.

위로해줄 사람이 없으면 안 되는 거잖아. 내가 아플 때 곁에 아무도 없다면 난 너무 비참할 것 같아. 그냥 위로하고 싶어서.

나는 여전히 그렇게 생각한다. 엄마의 말이 옳다고 생각한다. 나는 위로를 잘 해주는 사람이고 싶다. 그리고 아픈 누군가가 어서 회복되기를 바란다. 그리고 언제가 내가 아플 때 누군가가 나의 위로이기를 바란다.

내가 아니라도

내가 아니라도
세상은 여전히 존재하겠지만
내가 아니라면
세상은 영영 미완성인 채 남겨지겠지

당신이 나를
이해하지 못해도

나는 평소에 메모를 많이 한다. 그때그때 떠오르는 것들을 아무렇게나 메모장에 적어두곤 하는데 그럴 수밖에 없는 것이 그 순간이 아니면 그 때의 생각과 느낌은 좀처럼 다시 내게 오지 않는다. 오래전에 적어둔 메모를 보면 여러 가지 감정이 교차한다.

그런데 막상 제대로 글을 쓰려고 컴퓨터 앞에 앉으면 도통 한 글자도 적지 못하겠으니 참 이상한 일이다. 하루 종일 모니터에 깜빡이는 커서만을 멀뚱히 바라보다 그대로 화면을 꺼버린 적도 많다. 그럴 때마다 나는 머릿속이 백지가 된 것만 같다. 무얼 말하려 하는지 무얼 말하고 싶은 건지 나조차도 도무지 알 수 없게 되어버린다. 평소에는 할 말이 그렇게나 많으면서 막상 제대로 말을 해보려고 하면 그대로 얼어버리니 참 이상한 일이다. 누군가에게 보인다는 부담감 때문일까? 아니면 잘 쓰고 싶다는 욕심 때문일까?

생각해 보면 비단 글뿐만 아니라 다른 것도 마찬가지다. 그림을 그릴 때도 나는 머릿속에 떠오르는 것들을 표현하고 싶은 충동에 스케치북을 꺼내보지만 정작 단 하나의 선을 그리기도 버거워 머뭇거린다. 떠오르는 생각들을 입으로 내뱉으려 할 때도 그 많은 것들을 어떻게 설명해야 할지 몰라 한참을 더듬거리는 나를 발견한다.

내 안의 심상들을 밖으로 꺼내 놓는다는 것은 얼마나 어려운 일인지를 가끔 생각해 본다. 원형 그대로를 타인에게 전달하는 일은 더욱 어려울 것이다. 그러니 내가 누군가를 이해시킨다는 건 또 어떨까? 그건 거의 불가능한 일이라고 나는 생각한다. 내가 전달하고 싶은 것들에 가장 가깝게 상대방이 다가와 주기만을 바랄뿐. '너를 이해한다' 는 말은 나의 세계 안에서, 내가 받아들일 수 있는 한계 안에서이지, 결코 그 본래의 것을 온전히 이해한다는 말은 아닐 것이다.

그런 생각을 하면 우리의 의사소통이 얼마나 원시적이고 불완전한 방법인지 안타까워진다. 영화에서처럼 우리의 생각과 이미지들이 텔레파시로 상대방에게 전달되면 얼마나 좋을까, 하는 상상을 하면서 말이다. 우리의 본질 자체가 상대방에게 그대로 전해진다면, 그 땐 정말 '완벽한 이해' 라는 걸 할 수 있게 될까?

그러나 그럼에도 불구하고, 그 엄청난 확률의 해석 속에서도, 무수한 너와 나의 세계들이 만나 교감을 한다는 것은 얼마나 신비로운 일인지. 서로를 이해하려, 이해시키려 계속해서 말을 하고 글을 쓰고 그림을 그리는 일은 또 얼마나 감동적인 일인지.

지금까지도 나는 내 안의 것들을 완벽히 표현하는 방법을 알지 못한다. 글을 쓸 때 계속해서 빈 화면을 쳐다보는 일이 잦다. 여전히 나는 그런 증상이 있다. 어쩌면 영영 그럴지도 모르겠다. 그렇다고 쓰는 일을 멈출 수는 없다. 표현하는 것은 아직까지 우리가 소통할 수 있는 유일한 창구이기에. 당신이 영원히 나를 이해하지 못한다 해도 나는 계속해서 쓰게 될 것이다.

스스로의 존엄을
지켜나가기

"난 요즘에 나를 더 아껴야겠다는 생각이 들어. 특별한 날이 아니어도 화장도 꼼꼼히 하고 옷도 잘 갖춰 입고 나가려고."

얼마 전 애인과 함께 이런저런 이야기를 하던 중에 나온 말이다. 그는 내 말에 크게 공감했고 우린 계속 이야기를 이어나갔다. 자신에게 예쁜 옷을 입히고 아름답게 꾸며주는 일은 보기에도 좋겠지만 실은 자신의 그런 태도가 삶에도 엄청난 영향을 줄 것이라면서.

화려한 것들로 치장을 하라는 말이 아니라 자신에게 가장 예쁘고 좋은 것들을 입혀주라는 뜻이었다. 그 안에는 단지 차림새뿐만 아니라 좋은 음식(건강한 음식)을 먹고 좋은 사람들을 만나고 좋은 대화를 하고 적당한 운동을 하는 그 모든 것들이 다 포함되어 있었다.

그건 실생활에도 도움이 될 만한 방식이었는데, 일단 어디서든 잘 갖춰 입고 있으면 갑작스런 일이 생겼을 때도 당황하지 않고 바로 사람들을 만날 수 있고, 건강한 생활을 해두어 혈색이 좋아 보이는 것은 말할 것도 없는 일이었다. 사람에게 풍기는 이미지라는 것은 즉각적으로 영향력을 행사하기 마련이니까.

내가 이런 생각을 처음 가졌던 건 몇 년 전 빅터 플랭크의 <죽음의 수용소에서> 라는 책을 읽고 난 후였다. 빅터 플랭크는 오스트리아에서 태어난 유대계 정신과 의사로 그 책에는 그가 아우슈비츠 수용소에 끌려갔다가 살아남은 기록이 담겨있다. 그 책을 읽기 전 나는 무척 궁금했다. 도대체 어떻게 그 악명 높은 아우슈비츠에서 살아남았을까? 거기서 살아남은 사람이란 어떤 사람일까?

살아남은 방법은 의외로 간단했다. 그러나 그것이 결코 간단하지 않은 일이라는 것도 함께 느끼면서.

동료 유대인들이 가스실로 끌려가 죽는 것을 매일같이 지켜보면서, 사람들이 운명을 받아들인 듯 체념하고 포기했을 때, 그는 매일매일 깨진 유리조각으로 면도를 했다. 모든 수감자들이 굶주린 상태로 극한의 노동을 하고 학대받고 개돼지보다 못한 취급을 받으며 서서히 자신이 인간임을 잊어갈 때, 절망과 무감각이 난무하는 그 곳에서 그는 홀로 자신의 존엄을 지키기 위해 애쓴 것이다.

나치 대원들이 가스실에 보낼 수감자들을 선발하려고 감옥에 왔을 때, 그들은 수염 하나 없이 단정한 그를 차마 끌어내지 못했다. 물론 그가 상대적으로 건강해 보였기 때문에 노동력을 인정받았을 수도 있지만 나는 단순히 그 이유 하나만으로 그가 살아남을 수 있었던 것은 아니라고 생각한다.

그보다는 그가 살아남기 위해 얼마나 처절하게 노력을 하고 있는지를 그들도 보고 느꼈던 것이 아닐까? 그 의지, 살아남고자 하는 그의 진지하고도 고결한 영혼을 누가 감히 해칠 수 있었을까?

나는 그의 책을 읽으며 스스로 자신의 존엄을 지키는 사람들은 가혹한 육체적, 정신적 속박 속에도 여전히 자유로울 수 있다는 것을 느꼈다. 신이 우리에게 부여한 고결한 인간의 권한을 빼앗을 수 있는 것은 오로지 자신뿐이라는 것을. 자신의 존엄을 지키는 사람은 왜 살아야 하는지를 알고 있고, 그래서 그 어떤 어려움도 견뎌낼 수 있다.(니체의 말 인용)

스스로에게 어떤 의미를 부여하고 어떤 희망을 품고 살아가는지가 가장 중요한 삶의 동력이 아닐까?

그것은 우리가 세상을 살아가는 이유가 되어 주고, 그렇기 때문에 각자가 발견해야만 하는 의무가 주어져 있다고도 생각한다.

나는 이 삶에 어떤 의미를 부여하고 있을까? 왜 살고 있을까? 또 스스로 어떻게 존엄을 지키고 있을까? 이 물음에 대답하기 위해 나는 뜻밖에도 방 청소를 하기 시작했다. 구석구석 깨끗이 쓸고 닦고 어지럽게 흩어진 물건들을 정리했다. 나는 그것이 스스로의 존엄을 지키기 위해 당장 할 수 있는 가장 작은 방법이라고 느꼈다. 비록 내가 원했던 좋은 집에서는 살 수 없을지 몰라도 좋은 방을 갖는 것은 순전히 나의 책임이자 선택이니까. 청소에 서툴던 내가 이제는 습관이 되어 틈틈이 방을 정리하게 되었고 그럴 때면 스스로를 아끼고 있다는 생각이 들어 즐겁다.

정리가 되어 있는 말끔한 모습으로 집을 나서게 되면 다시 집에 돌아와 방문을 열었을 때 마음이 평화롭다. 쾌적한 주변 환경은 내 생활과 일에도 큰 영향을 주고 있다는 느낌을 종종 받는데 어쩌면 나는 내 마음의 평화를 위해서 방을 정리하는지도 모르겠다.

최근에는 부쩍 옷차림에 신경을 쓰게 됐는데 남이 아닌 나를 위해서 라는 점이 이전과는 조금 다른 점이 되겠다. 그 전에도 물론 옷차림에 신경 쓰지 않은 것은 아니지만 별 일 없는 날이라면 후줄근한 티셔츠에 무릎이 툭툭 나온 바지도 서슴지 않고 입는가하면 머리도 제대로 감지 않고 모자를 뒤집어쓰는 날이 많았다.

이것 또한 보통 날을 편안하게 보내는 방법 중 하나일 수 있지만 이제는 그런 습관들을 버리고 특별한 날이든, 보통 날이든 내게 좋은 옷을 입혀주고 항상 몸을 청결하게 유지하고, 언제나 예쁘고 단정한 모습을 스스로에게 주려고 노력한다.

자신의 몸을 돌보고 가꾸는 것이 자신을 사랑하는 첫 번째 단계가 아닐까? 자신에게 최고의 것을 입혀주고 먹여주는 사람만이 최고의 것들을 누릴 수 있을 거란 생각도 든다.

나는 앞으로도 나의 존엄성을 지키기 위해 나를 사랑하고 나에게 좋은 것들만을 줄 것이다. 플랭크의 말처럼 '삶이란 막연한 것이 아니라 현실적이고 구체적인 것' 이기 때문이다. 조금씩 조금씩 나를 사랑하고 지켜나가는 방법을 찾아 행동하다보면 언제가 삶은 내게 대답해 줄 것이다. 이 삶이 나에게 어떤 의미였는지를. 그때까지 나는 감히 어떤 것도 짐작할 수 없다. 그저 내게 주어진 상황과 환경을 받아들이고 계속해서 의미를 찾아나가야 할 뿐이다. 훗날 순간의 조각들이 모여 하나의 완성품이 될 때까지.

터닝 포인트

7년 전 여름, 나는 세계에서 가장 화려한 도시에 머물고 있었다. 밤새도록 휘황찬란하게 빛나는 거리와 그 거리에서 터져 나오는 낯선 언어들, 언어보다 더 낯설게 느껴지던 사람들의 표정과 정서들. 나는 그 속에서 결코 화려하지 않은 일상을 버텨내며 그 어디에도 섞이지 못하는 내 자신의 자리를 찾고 싶어 아등대고 있었다.

그때 나는 26살이었고 지금 생각해보면 부러울 만큼 어린 나이였는데 당시에는 오히려 지금보다 더 많은 사회적 압박을 심적으로 느끼고 있었던 것 같다.

결심을 하고 한국을 떠날 준비를 하는 데는 몇 개월이 걸리지 않았다. 왜 그렇게 도망치듯 갑작스레 떠나야만 했을까에 대해 지금도 종종 생각을 해보곤 하는데 그런 식이 아니었다면 아마 나는 영영 떠나지 못했을 거라는 강렬한 추측이 생긴다.

어릴 때는 지금과는 전혀 다른 일을 하고 있었다. 내가 그림을 그리고 글을 쓸 것이라는 꿈이나 희망조차도 생각해보지 못한 시기였다. 계시라도 받은 것처럼 무작정 훌쩍 떠나고 나서 지금까지의 일을 돌이켜보니 그것이 어쩔 수 없는 나의 운명이었나, 하는 생각도 든다.

왜 뉴욕이었냐, 는 질문은 수도 없이 들어왔지만 그 또한 어쩔 수 없는 이상한 끌림과 우연에 의한 것이었으니 논리적으로 설명을 해보려 해도 잘 되지는 않는다. 분명한 것은 내가 뉴욕에 가야겠다고 결심한 이후 모든 일들이 순차적으로 풀려나갔다는 것이고 그로써 내가 그 곳에 가야만 하는 이유가 있었던 거라고 지금껏 스스로에게 의미를 부여하고 있다는 것이다.

뉴욕은 이유 없이 끌리는 곳이었다. 언젠가 한 번은 뉴욕에 가게 될 거라고 생각했다. 20살 때부터 줄곧 나는 뉴욕에 가는 것을 꿈꿨는데 어떤 특별한 계획이나 목적은 없었지만 그냥 뉴욕이 가고 싶었다. 당시에 내 '싸이월드'의 미니홈피 메인에는 'New York City' 라는 문구가 적혀 있었고 그 뒤로 그 문구는 한 번도 바뀐 적이 없었다.

그때 나는 연기를 전공하고 있었는데 언젠가 뉴욕에 가서 연기를 공부하면 좋겠다, 아니면 다른 예술적인 공부를 해보고 싶다, 그것도 아니면 그냥 그 도시에 일정 기간 머물며 여행을 하면 좋겠다는 막연한 생각만 했을 뿐, 실제로 그곳에서 무엇을 어떻게 하겠다는 계획이나 구체적인 방법에 대해서는 생각해본 적이 없었다. 구체적으로 계획을 짜다 보면 이런저런 현실적 이유들로 결국 내가 뉴욕에 가지 못할 거라는 확신만이 남게 되리라는 것을 어렴풋이 짐작하고 있었기 때문이 아닐까 생각한다.

그로부터 6년 뒤, 나는 뉴욕으로 떠나게 된다. 입버릇처럼 내뱉던 '언젠가'가 영영 오지 않을지도 모른다는 생각에서였다. 뉴욕에 가지 못하는 수십 가지의 핑계가 있었지만 정말 중요한 건 마음이었다. 현실에 안주하고 싶은 마음, 새로운 것을 시도하고 싶지 않은 마음, 익숙한 것에 머무르고 싶은 마음은 그때까지 나를 여기에 남아있도록 부추긴 것이다.

전 재산을 정리했을 때 채 천만 원이 되지 않은 돈이 쥐어졌다. 당시엔 내게 큰돈이었는데 지금 생각해보면 겨우 몇 백만 원을 가지고 뉴욕에 갈 결심을 했다는 게 믿겨지지 않는다. 만약 내가 조금 일찍 마음을 바꿔 먹었다면 나는 26살이 아닌 20살에도 뉴욕에 갈 수 있었을 것이다. 안 되는 이유 말고 되는 이유들로 내 생각을 꽉 채웠더라면 말이다. 정말 하려는 마음이 있다면 어떻게든 하게 된다는 걸 그땐 믿지 않았다.

그때 이랬다면, 그걸 조금만 더 빨리 알았다면 좋았을 걸, 하는 후회 섞인 자조를 때때로 해보지만 그럴 때면 하나씩 배워나가는 것이 의미 있는 인생이라는 생각을 하며 나를 다독인다. 사람은 누구나 자기만의 때가 있는 거라고. 속도나 방향은 모두 다르지만 자기만의 박자로 자기만의 길을 만들어 나가면 누구나 아름다운 인생이 될 수 있다고 그렇게 생각한다.

특별한 계획이나 목적도 없이 떠난 여행은 2년이 넘게 계속되었다. 학교를 다니고, 아르바이트를 하고, 여행을 다니고, 그림을 그리고, 글을 쓰고, 내가 하고 싶은 대로 그때그때 결정하며 사는 삶. 계획이 없어서 해보고 싶은 일이 많았고, 목적이 없어서 가는 길이 모두 특별한 목적지가 되어 주었다. 꼭 해야만 하는 일이 없었기 때문에 난생 처음 살아가는 자유를 누릴 수 있었다. 무엇 때문에 사는 게 아닌, 무엇을 위해 사는 게 아닌, 그냥 살아가니까 사는 거.

아무 것도 정해지지 않은 인생의 모호함과 무한한 가능성을 온몸으로 체화하며 사는 인생은 생생했다. 정말 이상한 일들이 많이 벌어졌다. 즐거운 일도 많았고 슬픈 일도 많았다. 놀라운 일도 많았고 감동적인 일들도 많았다. 살면서 가장 괴로웠던 일이 있었는가 하면, 또 가장 행복한 시간들을 보냈다.

스스로 정해놓지 않고 삶에 나를 맡기자 인생은 계속해서 나를 알 수 없는 사건 속으로 끌어당겼다. 사건은 또 다른 사건을 야기하고 그렇게 이어진 새로운 인연과 사건은 매번 나를 놀라게 했다.

나는 그런 생생한 느낌이 좋았다. 기쁘든 괴롭든 그것과는 상관없이 매순간 삶이 이어지고 있다는 느낌이 좋았다. 그전까지는 무료한 시간을 어찌해야 할지 몰라 그냥 그대로 흘려보냈는데, 문제는 그때까지 내 인생의 대부분의 시간이 무료했다는 것이고 그만큼 나는 삶을 함부로 낭비하고 있었다.

반면에 뉴욕에서는 어떤 기대감이 나를 채우고 있었다. 정확히 무엇인지, 무엇에 대한 기대감인지 알 수 없었으나 나는 늘 조금 상기되어 있었다. 그것이 기대감일수도, 아니면 불안감일수도 있었다. 어느 쪽이든 나는 내가 살아 있다는 사실을 자각하는 날이 많았고 그 자각은 나를 생기 있게 만들었다.

왜 그랬을까? 나는 왜 뉴욕에서 그렇게 변한 것일까? 환경이 변해서였을까? 언젠가 애인은 그렇게 말했다. 사람이 변하지 않는 이유는 환경이 바뀌지 않아서라고.

그때 우리는 인생의 터닝 포인트에 대해 말하고 있었는데 그는 26살에 호주에 다녀온 뒤로 자신이 바뀌었다고 얘기를 했다. 그도 나와 비슷한 시기에 비슷한 경험을 통해 자신 안의 새로운 모습을 발견하게 된 것이다. 그러면서 사람이 변할 수 있는 가장 빠른 길은 환경이 바뀌는 것이라고 말했다.

맞는 말이었다. 환경이 변하지 않는 한 나는 변하지 않을 것이다. 또 반대로 내가 변하면 환경도 자연스레 변하게 될 것이다. 내가 변하고 싶지 않아도 변할 수밖에는 없는 것이다. 그래서 나는 환경을 참 중요하게 생각한다. 내가 머무는 공간, 내가 만나는 사람, 내가 평소에 하는 대화 등등. 만약 내 주변 환경이나 내가 자주 만나는 사람이 유쾌하지 못한 인상을 준다면 나 역시도 누군가에게 그런 인상을 줄 수도 있다는 것을 자주 상기한다.

나는 나와 내 주변 역시 품위 있고 아름다웠으면 한다. 그러나 똑같은 환경에서 똑같은 일을 반복하면서 내가, 사람이, 세상이 변하기를 바란다면 그건 너무 이기적인 것이다.

서울에서 내가 생생하지 못한 이유는 늘 똑같았기 때문이었다. 똑같은 일상, 똑같은 환경. 어떤 자극도 없었지만 나는 나름대로 그 생활에 만족했다. 똑같은 것들은 편안함을 준다. 안심하게 한다. 그래서 나는 뉴욕에 가고 싶다는 열망을 무시한 채 가지 않아야 할 수십 가지의 이유들을 먼저 떠올렸다. 그때 뉴욕에 가겠다고 돌연 선언하지 않았다면 나는 두고두고 그것을 후회했을 것이다. 그 결정은 내 평생 가장 잘한 일에 꼽힌다. 아마 그런 일은 앞으로도 없을지 모른다.

나는 굉장한 겁쟁이여서 많은 것들을 포기하고 살았다. 누구에게나 기회가 있다는데 그간 모든 기회들을 자의로 놓치며 살아왔다. 지나간 것들을 생각하면 너무도 안타까워 밤을 설친 적도 많았다.

만일 내가 뉴욕에 가는 기회마저 놓쳐버렸다면 내 인생이 지금 어떻게 되었을까 종종 생각해 본다. 글쎄, 아무도 모른다 그건. 지금과는 다른 인생을 살고 있겠지만 더 행복할 수도 있고 불행할 수도 있다. 글을 안 쓸 수도 있고 그림을 안 그릴 수도 있다. 직업적인 면에서 많은 변화가 있었을 것은 분명한데, 내 초기의 글과 그림은 모두 뉴욕에서 촉발되거나 영감

받은 것들이기 때문이다. 지금도 이렇게 뉴욕에 대한 글을 적고 있으니 말이다.

만약 그때 안주하고 더 이상 아무런 변화도 받아들이지 않았다면 내 인생은 최악의 길에 접어들었을지도 모른다. 물론 사람은 다 때가 있는 법이니까 그러다가도 또 언제 어떻게 변화하여 새로운 인생을 살게 되었을지 모르지만 어쨌든 뉴욕으로 떠난 내 결정에 나는 여전히 박수를 보낸다. 세상 최고의 겁쟁이가 드디어 불안과 공포에 맞서 새로운 세상으로 한걸음 내딛었다는 것에 대해.

무엇보다 가장 큰 선물은 건강해진 마음과 정신이다. 예전보다 덜 예민하고 조금은 무심한 것, 쉽게 흥분하지 않고 금방 마음을 가라앉힐 수 있다는 것, 부정적인 생각보다 이로운 생각을 많이 하게 되었다는 것, 쉽게 실망하지 않고 계속해서 도전할 수 있게 되었다는 것.

한번 경험한 것은 절대 사라지지 않는다. 뉴욕에서 느낀 생생함은 이제 어디서든 적용할 수 있게 되었다. 뉴욕 이후 내가 얻은 성과나 결과물은 부수적인 것에 불과하다. 그것들을 다 잃는대도 다시 얻을 수 있는가? 다시 시작할 수 있는가? 하는 질문이 중요한 것이다. 방법을 알고 있다면 지금 내가 가진 것을 몽땅 잃어도 나는 하나도 잃은 것이 없게 된다. 그런 확신이 있다면 어떤 일을 하던 조급하지 않을 수 있다.

조금 이상하지만 뉴욕에 다녀온 이후로 나는 자주 죽음에 대해 생각해 본다. 어떤 일을 결정할 때 죽음을 생각하는 것은 큰 도움이 된다. 내가 죽는 순간이라고 가정해보면 이 일을 해야 할지, 말아야 할지, 쉽게 결정할 수 있다. 내가 뉴욕에 갈지 말지를 결정하는데 결정적인 도움이 된 질문도 바로 이것이었다. 괴로울 때에도 죽음에 대해 생각해 보면 대부분의 일은 아무 것도 아닌 것이 되어 버린다.

지금 내가 죽는다면? 하고 스스로에게 질문해 본다. 뜬금없지만 이 질문은 하루하루를 소중히 살아갈 수 있게 해주는 좋은 자극제이다. 그리고는 지금 죽어도 여한이 없어야 한다고 스스로에게 되뇐다. 그래서인지 나는 지금 죽어도 괜찮을 것 같다고 생각한다. 미련이 남지 않을 만큼 원하는 걸 다 경험해봐서가 아니라 미련이나 집착 같은 것들도 어떨 땐 독이 된다고 생각하기 때문이다. 순간순간 최선을 다하되 결과를 받아들이고 현실에 초연한 마음도 갖고 싶다.

그렇다고 그게 꼭 죽고 싶다는 말은 아니다. 만약

어떤 불의의 일로 생을 마감한다 하여도 아, 그래도 참 좋은 인생이었다, 하며 눈을 감을 수 있다는 말이다. 그럴 수 있도록 매일매일 노력하고 있다. 그러나 나는 여전히 살고 싶고 허락된 만큼 충분히 더 내 인생을 누리고 싶다.

삶에 미련을 두지 않되 최선을 다하는 일은 가장 어려운 일 중에 하나인 것 같다. 그래도 나는 그것이 꼭 필요하다고 생각한다.

모두가 상처 받기를 두려워한다

"사람은 누구나 자기만의 방어 기제가 있다니까"

언젠가 친구 준혁은 말했다. 사람들이 내뱉는 말과 행동은 모두 자신을 방어하려는데서 나오는 거라고.

"나는 어떤 방어를 하는데?"

내가 물었다.

"너는 사람들에게 잘 맞춰주면서 방어를 하는 유형."

"그럼 나는?"

다른 친구가 물었다.

"너는 일부러 강한 척 하면서 자기를 방어하는 유형"

"그럼 너는?"

마지막으로 준혁이 대답했다.

"나? 나는 숨는 유형"

음…… 그러고 보니 맞는 말 같아 우리는 고개를 끄덕였다. 누군가를 만날 때 나오는 반응들이 나를 표현하기 위해서가 아닌 실은 방어하려는 데서 나오는 것일지도 모르겠다고.

곰곰이 생각해보니 나는 사람들을 만날 때 친절하게 대하려고 노력하는 편이었다. 어떤 식으로든 인간관계에 불화가 생기는 것을 원치 않으니까. 그 이면에는 '나는 상처받고 싶지 않다' 라는 전제가 깔려있기도 하고 이 정도 선은 지켜주세요, 또는 이 이상은 넘어오지 마세요, 라는 암묵적인 바람이 들어있기도 하다.

관계가 가까워지기 위해서는 상대의 약한 면을 알아야 한다. 그것을 알지 못하면 관계는 겉에서 계속 미끄러질 수밖에는 없으니까. 친구의 말을 들으니 나는 여태까지 친절함으로 나의 약한 면을 보여주지 않으려 스스로를 방어하고 있었던 게 아닌가, 하는 생각이 들었다.

내가 친절하면 상대방도 내게 무례하게 대하지 못할 것이라는 걸 너무도 잘 알고 있었기 때문이다. 그동안 나는 상냥한 말들로 누군가가 더 이상 내 안으로 파고들지 못할 벽을 하나 지어두고 있었던 셈이다.

나와 다른 시각을 가진 사람을 만나면 나는 그에게 반박하지 않는다. 그저 "아, 그건 그럴 수도 있겠네요." 하고는 말아버린다. 나는 누군가를 바꾸고 싶지 않다. 내가 누군가를 바꿀 수 있다고 생각하지도 않고. 그는 그고 나는 나일 뿐이다. 그러나 어쩌면 그는 앞으로도 계속 '진짜 나'를 만날 수 없을지도 모르겠다. 내가 언제까지고 상냥한 미소로 그를 대하는 한.

나는 지금까지 인간관계에서 있어서 적당한 거리를 유지하는 것이 서로를 다치게 하지 않는 가장 좋은 방법이라고 생각해왔다. 그러나 어쩌면 내가 비겁한 걸까? 상처받는 게 두려워 상냥한 가면을 뒤집어쓰고 위선을 부리는 걸까? 그렇지만 내가 상처받는 것만큼이나 누군가에게 상처를 주는 일 또한 나는 두렵다. 나로 인해 상처받고 아파하는 누군가를 상상해보면 그게 또 너무 괴롭다.

그래서 모두가 자기만의 방어막을 하나씩 만들어내는가 보다. 내가 아프기도 싫지만 너를 아프게 하고 싶지 않으니까. 백퍼센트 솔직할 순 없겠지만 조금은 나를 더 보여주고 싶은 마음도 든다. 물론 더 많은 상처를 받겠지만 그 상처가 아물면 더 단단한 새살이 돋아나지 않을까? 새살과 굳은살이 켜켜이 쌓여가며 우리는 친구가 되어 가는지도 모르겠다.

강박증과
정신적 문제

실수를 하면 아무렇지 않은 척 하는 편이다. 걸어가다 넘어져도 안 넘어진 것처럼 바로 일어나 걷거나, 카페에서 혼자 노래를 크게 따라 부르다가 카페인 걸 깨닫고는 바로 조용히 하거나 하는 식이다. 초등학교 때는 운동회 날에 달리기 시합을 하다가 넘어졌는데 벌떡 일어나서 안 넘어진 척 하고 태연하게 달렸다. 결국 꼴찌였던 내가 다른 친구들을 다 따라잡고 일등으로 들어오자 그걸 지켜보던 학부모들은 기립박수를 치고 환호를 했다. 이런 태도는 그냥 어릴 때부터 있던 내 기질 같은 건데 이것이 긴장에서 비롯된 것일지도 모르겠다는 건 최근에 든 생각이다.

실수를 하고 나서 멋쩍은 태도도 취하지 못하겠고 어찌할 바를 몰라 나는 그냥 바로 그전의 상황으로 돌아가는 것인데, 만약 그 실수가 예측 불가능한 상황으로 흘러간다면 나는 그냥 딱딱하게 돌처럼 굳어 버린다.

유치원에서 재롱잔치를 할 때 사회를 본 적이 있다. (갑자기 드는 생각인데 왜 아이들 행사를 재롱잔치라고 하는지 모르겠다. 지금도 그렇게 부르는지 모르겠지만 재롱잔치라는 말은 뭔가 어른들을 위해 재롱을 부려야만 할 것 같은, 굉장히 아이들을 농락하는 느낌이 드는 단어다.) 대본대로 멘트를 하고 다음 공연을 위해 무대 뒤로 들어가야 했는데 대본 연습만 했지 무대 동선 같은 걸 연습을 안 한 거다.

나는 내 멘트를 하고 멀뚱히 눈만 껌뻑거리고는 요지부동으로 한동안 가만히 서 있었다. 앞에서 선생님은 난리가 났고 무슨 말과 행동을 계속하는데 난 너무 당황해서 그게 뭔지도 모르겠고 객석에서는 웅성 웅성거리며 웃기도 하는데 거기에 또 너무 놀라서 난 그냥 얼어버렸다. 결국 5분정도 그대로 있다가 선생님이 무대 위로 올라와 나를 끌고 가서야 다음 공연을 시작할 수 있었다.

지금이야 그런 정도의 상황은 예상이 되고 또 재치 있게 넘길 수 있겠지만 그 때 나는 정말 당황했다. 뭘 어떻게 해야 할지 몰라 아무것도 하지 못하고 그대로 멈춰 버렸다. 패닉에 빠진 것이다. 무대 뒤로 들어가는 방법을 설명해주지 않았으니 나는 들어갈 수가 없었다.

그 때문인지 나는 지금도 무대공포증을 가지고 있는데 무대뿐만 아니라 사람들이 많은 곳에서 발표를 하거나 무언가를 보여 줘야할 때 지나치게 긴장이 된다. 그건 당연한 거라고 생각할 수도 있겠지만 꼭 사람들이 많은 곳이 아니라도 처음 가 본 낯선 공간에서 인터뷰를 할 때나 심지어는 그냥 가만히 쉬고 있을 때에도 극도의 긴장감이 찾아올 때가 있다.

첫째로 일단 사람들이 내게 주목을 한다는 생각이 나를 긴장하게 만들고 둘째로 뭔가를 잘 해야만 한다는 압박감이 나를 긴장하게 한다. 무대에 서거나 강의, 발표 등을 할 때는 후자의 경우로 긴장을 하게 되는데, 이렇게 긴장을 잘하는 내가 무대 위를 걸어다니며 패션쇼를 하고 수많은 사람들 앞에서 촬영을 했었다는 건 정말 이상한 일이다. 조금 익숙해지고 덤덤해지긴 했었지만 기본적으로 쉽게 긴장하는 내게 '모델'이라는 일은 엄청난 스트레스였을 것이 분명하다.

누군가 나를 의식하고 있다고 생각하는 것, 그러니까 반대로 내가 상대방을 의식할수록 나는 더 많이 긴장한다. 어쩌면 그 누구도 나를 신경 쓰지 않을 수도 있는데 스스로 타인이 나를 쳐다본다거나 의식하고 있다는 생각이 나의 말과 행동의 범위를 제한하는 것이다. 이건 일종의 강박증일 수도 있다.

나는 여러 가지의 강박증을 가지고 있는데 가장 심한 것은 '숫자 강박증' 으로 머릿속에서 쉴 세 없이 숫자를 세는 것이다. 정도가 지금은 약해졌지만 어릴 때는 머릿속에서 끊임없이 돌아가는 숫자 때문에 꽤나 애를 먹었다. 예를 들어 계단을 올라가면 계단이 몇 개인지 세고 과자를 먹으면 과자가 몇 개인지를 센다. 걸을 때에도 걸음을 세고 보이는 모든 것을 계속 세는 것이다.

뿐만 아니라 다 센 숫자들은 곱하고, 나누고, 더하고, 빼면서 여러 가지의 수식으로 계산을 한다. 계속되는 머릿속의 숫자들 때문에 나는 돌아버릴 것 같다는 느낌을 받은 적이 많았다. 또 손을 씻는 강박증이라든지, 바닥에 대한(특정하게 바닥에만 그렇다) 청결 강박증이라든지, 세균 강박증 등등 여러 가지의 강박증이 있다.

강박증에 대해 이야기 하다 보면 대부분의 사람들은 자신도 강박증이 있다며 공감을 하는데 그럴 때마다 그 종류가 매우 다양해서 나는 놀란다.

그렇지만 이렇게 다양한 강박증을 가지고 있음에

도 한 가지 다행스러운 점은 내가 이런 증상들을 어릴 때부터 인지하고 있었다는 것이다. 해결 방법은 꽤 간단한데 그것에 신경을 안 쓰는 것이다. 간단하지만 강박증 환자들에게는 가장 어려운 일이기도 하다. 강박증이 시작될 때 그것을 하지 말아야겠다고 생각하면 그 증상은 훨씬 심해진다. 그래서 그냥 무심해지는 연습이 필요한 것 같다. 연습이라고는 하지만 보통의 연습처럼 열심히 연습해서도 안 된다. 강박증이 시작되면 그냥 그러려니 하고 가만히 지켜보고 그 순간을 최대한 가볍게 지나가야 한다.

여전히 나는 긴장에 대해서는 자유롭지 못한 사람인데 별 것도 아닌 일에 과도하게 긴장하고 부자연스러운 행동을 취한다. 사람들은 이런 나에게 전혀 그런 줄 몰랐다고 놀라지만 그것도 어쩌면 수천 번의 연습과 학습으로 사람들을 잘 속여 넘기는 방법을 터득한 것뿐일 수도 있다. 그래도 내면에는 여전히 긴장하고 어쩔 줄 몰라 하며 발버둥치는 내가 있다. 긴장도 강박증과 똑같아서 긴장하지 않으려 애를 쓸수록 더욱 긴장하게 되는데 한번 긴장을 하기 시작하면 그 일이 끝나기 전에는 좀처럼 긴장이 풀리지 않는다. 나는 스스로 마음을 잘 다스리는 사람이라고 생각을 해왔는데 그 부분에서만큼은 전혀 조절을 할 수가 없다.

대학 때도 긴장 때문에 공연을 망친 적이 있었다. 몇 개월간 열심히 준비한 뮤지컬이었는데 그 공연의 첫 시작이 나의 솔로 무대였고 처음 하는 공연에 너무 긴장한 나머지 나는 목소리를 잃었다. 극심한 긴장과 두려움 때문에 관객들을 압도하지 못하고 관객에게 압도당한 것이다. 노래를 불러야 하는데 도저히 목소리가 나오지 않아 웅얼대다 첫 곡이 끝난 것 같다.

그러고 보면 몸과 마음이라는 것이 참 신기하다. 내가 아무리 괜찮다 괜찮다 달래도 내 몸은 어떻게 알고 긴장하고 흥분하고 그러다 고장이 나버린다. 그러나 그 상황이 끝나면 언제 그랬냐는 듯 몸은 정상으로 돌아온다. 정말 이상한 일이다.

최근에는 가만히 누워있거나 글을 쓰거나 그림을 그리고 책을 읽을 때에도 문득문득 긴장감이 찾아오기 시작했다. 그건 앞서 말한 두 가지 케이스의 긴장과는 전혀 상관도 없이 찾아오는데 한 마디로 이유가 없는 증상이다. 그럴 땐 심장이 불규칙적으로 무척 빨라지고 손과 발에서는 땀이 배어나온다. 그건 불시에 갑작스럽게 찾아오기 때문에 나를 더욱 당황시킨다. 심장이 심하게 요동칠 때면 심장병에 걸린

게 아닌가 걱정한 적도 있었다.

누군가는 그게 공황 장애의 증상일 거라고 말했다. 어쩌면 그럴 수도 있다고 생각한다. 그러나 나는 개의치 않는다. 내가 정신적으로, 또는 심리적으로 나도 잘 모르는 어떤 장애가 있다 해도 그것을 문제 삼아 확대하고 싶지는 않다. 내게 어떤 문제와 증상이 있다는 걸 알고 있는 것만으로도 충분하다고 생각한다. 정신적, 심리적인 문제는 보통 고쳐야지 고쳐야지 마음먹는다고 고쳐지는 문제가 아니라는 것을 잘 알고 있기 때문이다.

물론 고칠 수 있다면 좋겠지만 그렇지 않다고 해서 스트레스를 받고 싶지는 않다. 어쩌면 글을 쓰고 그림을 그리는 일을 하면서 평상시에도 긴장감이 찾아오는 증세가 생겨난 걸지도 모른다. (시기적으로 따져보면 거의 맞아 떨어진다.)

그러나 그런 증상이 있든 없든 여전히 나는 나다. 그 때문에 지금 하는 일을 그만두지도 않을 거고 갑자기 나를 확 변화시키고 싶지도 않다. 왜냐하면 나는 여전히 이 일을 사랑하고 있고 나를 사랑하고 있기 때문이다. 빨리 고쳐야지, 하며 몰아붙이기 보다는 그냥 지금의 나를 조금 더 다독이고 싶다.

어쩌면 정신적인 문제들은 정말 '문제' 라고 정의하는 사회적 시선 때문에 문제가 발생하는 걸지도 모른다. 사람의 다양성만큼이나 정신적 다양성, 심리적 다양성은 다양한 것이 당연한 것 아닐까? 모든 인류가 다 똑같은 범위 내의 정신과 영혼을 지닌다면 그건 너무나 끔찍한 재앙이 아닐까?

어느 날 갑자기 정신적인 문제가 찾아왔을 때 내가 도대체 무슨 문제가 있어서 그럴까? 내가 왜 이럴까? 하기보다는 그냥 자연스럽게 이런 일이 벌어졌다고 받아들이는 편이 더 낫다고 생각한다.

얼마 전 공황 장애 때문에 한동안 힘들어하던 친구에게도 내가 가장 많이 했던 말이었다. 괜찮아, 너는 아무 문제없어, 그래도 괜찮아. 그건 이상한 게 아니라 당연한 거야. 그것을 그들의 탓으로 돌리는 것은 환자들에게 더욱 가혹한 이중 처벌을 주는 것이다.

도대체 너 왜이러니? 왜 갑자기 이렇게 됐니? 다 마음먹기 달렸어, 네가 너무 약해빠져서 그래……

이런 말들은 정신적인 문제로 고통 받는 사람들을 나락으로 떨어뜨린다. 내 경우엔 공황 장애나 강박증 같은 정신적인 문제들이 이유도 없이 갑자기 찾아왔기 때문에 그것이 내가 뭘 잘못해서가 아니라는 것을 안다. 정신도 몸과 같지 않을까? 이유 없이 어딘가 아플 수도 있고 갑자기 불치병에 걸리는 수도 있다. 그걸 환자의 의지 탓만으로 돌릴 수 있을까?

물론 마음먹기에 달렸다. 그러나 그 마음이라는 것도 어느 정도 상황을 인지하고 받아들였을 때 함께 먹어지는 것이지 갑자기 이유도 없이 찾아온 증세에 본인도 당황하고 있는데 '네가 잘하면 된다'는 말은 너무나 잔인한 말이다.

내가 나도 모르게 숫자를 외고 있는데 내가 안하고 싶다고 해서 멈춰진다면 그건 문제가 아닐 것이다. 내가 나를 마음대로 제어할 수 없기 때문에 문제인 것이지. 근데 그건 모든 인간이 다 똑같다고 생각한다.

내 몸이라고 모든 것을 다 통제하고 조절할 수는 없다. 그러니 정신적인 것을 완벽히 통제한다는 건 말이 안 된다. 만약 그럴 수 있다면 그는 이미 인간이 아닐 것이다. 신이지. 그래서 나는 정신적으로 고통 받는 사람들이 그 책임감과 죄책감을 조금 내려놓기를 바란다. 그건 누구에게나 있을 수 있고 누구에게나 있는 일이니까. 다만 증상과 강도가 조금씩 다를 뿐이지, 우리는 누구나 정신적인 병으로부터 자유로울 수 없다.

나는 앞으로도 긴장을 많이 하겠지만 그렇다고 해서 그 일들을 피하고 싶지는 않다. 긴장을 하면 내가 좀 긴장을 했어, 라고 말할 것이고, 강박증이 생기면 내가 지금 강박증이 시작됐다고 인정할 것이다. 내가 가장 두려워하는 일을 할 것이고 계속 시도할 것이다. 극복하지 못한다 해도 괜찮을 것이다. 시도한다고 모든 걸 다 얻을 수는 없으니까. 실패하면 그냥 실패할 뿐이다.

긴장을 해도 되고, 틀려도 되고, 뭐든 괜찮다, 그냥 계속 이렇게 시도하고 실패하고 또 시도하고 실패하고, 그러면서 배우고 나아가는 거겠지.

종교 있으세요?

종교 있으세요?

요 몇 년 사이에 내가 부쩍 자주 받는 질문이다. 왜냐고 되물으면 어쩐지 내가 종교가 있을 것 같아서, 라고 한다. 그러면 나는 종교는 없는데 있어요, 라고 대답한다. 실제로 나는 내가 종교가 있는가에 대해서 꽤 진지하게 고민을 해왔다. 누군가의 눈에는 내가 종교적인 사람으로 보였던 것처럼 내가 생각해도 나는 종교가 있는 것 같기도, 또 없는 것 같기도 했으니까.

그런데 종교적이라는 게 대체 무얼까?

나는 종교적인 사람이라는 건 스스로가 추구하는 믿음과 신념이 있는 사람을 뜻한다고 생각한다. 그렇다면 나는 꽤 종교적인 사람이다. 나는 내가 따르는 가치관이 있고 나만의 믿음이 있으며 그것들을 받아들이며 살아가고 있으니까. 그러나 내가 따르는 특정 종교가 있냐는 질문이라면 나는 없다. 그래서 나는 내가 종교가 있는 사람인지 아닌지 잘 모르겠다.

나는 사실 종교에 무척 관심이 많다. 나는 어릴 적부터 눈에 보이는 것보다 보이지 않는 것에 대해 더 궁금해 했다. 여러 종교 서적들을 읽었고 그와 관련된 자료들을 찾아보기도 했다. 그런데 재미있는 사실은 종교에 대해 공부하면 공부할수록 세상의 모든 종교가 아주 많이 닮아있다는 점이었다. 비록 언어로 표현된 말은 달랐지만 그 안에서 내가 느끼는 의미는 모두 같았다. 그건 내가 가지고 있는 신념과도 부합하고 있었다.

나는 언젠가 교회를 다니거나 성당을 다니고, 또 절에도 가본 적이 있다. 그런데 내가 워낙 청개구리 인지라 이것을 꼭 해야 한다, 이것이 중요하다, 라는 교리와 체계들이 나에겐 조금 갑갑하게 느껴졌다. 왜? 왜 그래야만 하지? 단순히 해야 하기 때문에 해야만 하는 일은 어딘가 잘못된 것처럼 느껴졌다.

일상생활에서도 내가 해야 하는 일에 대해 내가 왜 그래야하지? 하고 끈질기게 질문하다보면 그것이 결국 가장 중요한 '왜' 인지가 빠져있는 빈 껍데기 같은 것이었음을 경험하기도 한다. 원래 그렇기 때문에, 누군가 그렇게 말했기 때문에…… 등등의 이유로 해야만 하는 일이 있다면 그것은 누군가에게 강요하기 위한 핑계거리에 불과하다.

내가 직접 경험하고 체득하여 얻은 진리가 아니라면 아무리 대단한 사람이 한 말이라고 한들 내게는 거짓 진리일 수밖에 없다. 직접 경험해본 일에 대해서만 우리는 확실히 알 수 있다. 결국, 왜? 라는 질문에 답을 할 수 있어야만 우리는 어떤 일을 합당하게 할 수 있는 것이다.

그런 물음들 때문에, 그 물음에 확실하게 대답할 수 없어서 나는 특정 종교를 다니는 일을 그만두었다. 나에겐 왜, 라는 질문이 너무나 중요했으니까. 그래서 나는 아무런 제약이나 체계에 얽매이지 않고 자유롭게 사고하고 스스로 판단하여 나의 가치관에 따라 세상을 살아가 보기로 선택했다.

나는 오랜 시간 동안 홀로 기도를 해왔다. 지금 내가 쓰는 이 글도 일종의 기도일 것이다. 그러나 나는 내 기도가 누군가 교회에 나가 기도하는 것과 다르지 않다고 생각한다. 나는 내 나름대로 감사하는 방법과 속죄하는 방법을 찾아 실천하고 있으니까. 내가 원하는 것은 오직 한 가지, 오늘의 나보다 나아진 내일의 나를 만나는 것이다. 원하는 것을 얻었든, 그렇지 않았든 상관없이 나는 끊임없이 누군가에게, 무언가에게 기도한다. 나에게 기도한다. 내가 성장할 수 있게 해달라고 기도한다.

언젠가 다시 교회에 다니게 될지도 모르겠다. 오로지 내 판단과 결정에 의해서. 무턱대고 종교를 선택해서 기도하는 시늉을 하고 싶지는 않다. 무엇이든 진심으로 마음을 쏟고 정성을 쏟을 때만이 스스로를 움직일 수 있는 법이니까. 문득 내가 좋아하는 부처의 말이 떠오른다.

"너희가 어떤 것을 들었다 해서 단순히 그것을 믿어서는 안 된다. 어떤 말이 회자되어 수많은 이들이 들었다 해도 단순히 그것을 믿어서는 안 된다. 설령 그것이 종교경전에 쓰여 있다 해도 단순히 그것을 믿어서는 안 된다. 어떤 말을 너의 선생이 말하거나 장로나 기관의 책임자가 말했다고 해서 단순히 믿어서는 안 된다. 그것이 수많은 세대동안 전수되어져 온 전통이라고 해도 단순히 그것을 믿어서는 안 된다.

그러나 관찰하고 분석을 한 후 너희가 이치에 부

합한다고 알게 되면, 그래서 그것의 효과가 선하고 유익함에 부합한다면 그때는 그것을 받아들여라. 그것과 함께 살아가는 것이다."

꿈은 현실이 된다

첫 출판사와 계약을 하고 책 작업을 하면서 나는 계속 뉴욕에 대한 생각을 했다. 정확히는 뉴욕에서 책을 내야 한다는 생각을. 그런 생각은 뉴욕에 머물 때부터 쭉 이어져 온 것인데, 한국에 돌아가면 반드시 뉴욕에서 책을 내겠다는 생각을 했다.

한국에서 두 번째 책을 작업을 할 때, 마침 뉴욕의 풍경이 주제였기에 그 컨셉을 그대로 뉴욕의 출판사에도 제안해 봐야겠다는 마음이 들었다. 두 번째 책이 나오고 나서 나는 그 책에 대한 상세한 정보를 정리하고 사진을 찍어 출간 제의서를 만들었다. 제의서를 쓰는 것 자체도 어려운데 영어로 정리해야 해서 꼬박 이틀의 밤을 새웠다. 그렇게 정성껏 만들어진 제의서를 뉴욕의 여러 출판사에 보냈다.

대부분은 읽었으나 답이 없었고 아예 읽지 않은 곳도 있었다. 한 달 정도의 검토할 시간이 필요하다는 답이 온 곳도 있었는데 미국 사람들의 특성상 한국처럼 일처리가 빨리 될 것 같지는 않았다. 한두 달 정도는 그냥 계속 기다려 보는 수밖에 없었다. 인고의 시간이 더디게 흘러갔다.

드디어 몇 군데에서 긍정적인 연락이 왔다. 그 중 한곳은 내가 마음속으로 가장 연락을 기다리던 곳이기도 했다. 뉴욕에서도 가장 스타일리시한 곳인 브루클린에 위치한 아티스트 전문 출판사이자 매니지먼트로 자체적으로 운영하는 서점을 가지고 있는 곳이었다. 결국 그곳에서 출간 작업을 진행하게 되었는데 말 그대로 진행일 뿐이지 아직 계약을 한 단계는 아니라서 그 시간동안 밤낮으로 마음을 졸였다. 누구에게도 말하지 않고 혼자 속으로 끙끙대던 날들이었다.

나는 어떤 일을 할 때 항상 비밀리에 진행하는 경향이 있는데 만약 확실한 결과가 나오기도 전에 그것에 대해 떠벌리면 왠지 그 일이 부정을 탈 것 같은 느낌이 들어서다. 일종의 징크스 같은 것이다. 그래서 내게는 계약서를 쓰기 전까지는 계약한 게 아니고 어떤 결과물이 나오기 전까지는 일을 한 게 아니다. 말로 받은 다짐이나 약속은 언제나 쉽게 날아가기 마련이니까.

그래서 내가 하는 일에 대해서는 부모님도, 친구들도, 심지어 애인조차도 모르는데 일단 결과물이나 확실한 뭔가가 정해지고 나서야 이야기를 하면 모두가 깜짝 놀라며 아니 언제 그런 걸 했어? 하는 것이다. 그러니까 나는 지금도 그런데, 나와 가장 가까운 내 애인조차도 여전히 내가 정확히 뭘 하는지에 대해 잘 모른다. 그냥 글을 쓰고 있다, 그림을 그리고 있다, 정도만 알지 무엇을 위해, 무엇에 관한 일인지는 잘 모른다는 소리다. 그런 내 성향을 아는지 애인은 일에 대해 꼬치꼬치 묻지 않는다. 때가 되면 어차피 다 알게 될 일이기도 하고.

어쨌든 나는 뉴욕의 출판사와 전체적인 원고의 방향에 대해, 출간 일정에 대해 논의를 하고 드디어 계약서를 쓰게 됐다. 메일로 계약서가 날아온 날, 나는 너무 기뻐서 울었는데 그건 내가 세상에 태어나서 맛본 기쁨과 행복 중에 가장 큰 것이었다. 나는 그날, 부모님에게 뉴욕의 출판사와 계약을 했다는 말을 했다. 태어나서 이렇게 내 자신이 자랑스러운 적이 없었어 라고 말을 덧붙인 게 기억이 난다.

감사하게도 출판사에서 예정에 없었던 내 책의 일정을 가장 빠른 스케줄에 넣어 주었고 몇 달간 원고 수정과 디자인 작업을 하여 최종 원고를 넘겼다. 보통 출판사에서는 연간 일정을 잡아놓기 때문에 이렇게 중간에 예정되지 않은 다른 책이 들어오는 경우는 드물다. 그건 미국도 마찬가지일 것이다.

나중에 알게 된 사실은 나를 상당히 당황시켰는데 미국은 한국과는 출판 시스템이 완전히 달라서 작가를 보증해주는 에이전트가 따로 있다는 것이다. 그러니까 먼저 그 에이전트에서 검증을 받고 알아서 출판사에 연결을 시켜주는 식이었다. 나처럼 무작정 작가가 출판사에 투고하고 그런 경우는 없다는 것이다. 나는 당연히 한국의 투고 시스템을 생각하고 그랬던 것인데 그게 완전히 틀린 방식이었던 것이다.

만약 투고를 한다고 해도 또 그걸 볼 확률은 극히 드물다. 왜냐하면 출판사는 자기들과 연계된 에이전트의 작가들의 원고만 받아보기 때문에 생판 모르는 생면부지의 사람의 원고를 보지 않는다. 그리고 원고를 보는 일은 엄연히 시간을 투자해야 하는 일인데 그들은 그걸 일이라고 생각하기 때문에 아무 원고나 보지 않는 것이다. 다른 사람의 시간을 얻기 위해서는 비용을 지불하는 것이 당연하다고 생각하기도 하고.

그 사실을 알고 나서 다시 출판사 홈페이지에 가보니 투고 제안 프로그램이란 것이 떡하니 있는 게 아닌가. 클릭해서 자세히 읽어보니 아티스트들의 제안서를 받고 있으며 검토하고 평가해준다는 애기였다.

그런데 가장 중요한 것은 자기들이 명시한 지침대로 제안을 해야 하고 제안 비용을 지불해야 한다는 것이었다. 비용은 300달러였다. 맙소사!

나는 이런 것들도 제대로 읽어보지도 않고 아무것도 모르는 상태에서 홈페이지에 적힌 이메일로 원고를 보냈으니 그들은 얼마나 황당했을까! 정확히 그게 어떤 담당자의 이메일인지도 모르고 말이다. 출판사에서 내 메일을 받고 어떤 반응을 보였을 지를 상상해보자 나는 무척 창피해졌다. 그렇지만 어쨌든 내 프로젝트를 마음에 들어 했고 제대로 계약을 했고 더군다나 출간 일정 바로 잡아 주었으니 내 입장에서는 완벽히 이득이었다.

가끔은 무식한 것도 도움이 된다고 나는 생각했다. 이런 모든 미국의 출판 시스템에 대해 미리 알았다면 나는 아마 포기했을 테니까. 내가 할 수 있겠어? 가능하겠어? 하면서 재고 따지다 분명 포기했을 것이다.

이 일을 겪으면서 확실히 알게 된 것은 기존에 명시된 길만이 길이 아니라는 것이었다. 어떻게든 어떤 방법이든 마음만 있으면 길이 생길 수도 있다고. 모두가 그게 아니라고 해도 어떤 경우에는 특별한 요행이 생길 수도 있다고. 그런데 그 특별한 요행은 특별하게 찾아오는 것만은 아니라고. 될까? 안될까? 가능할까? 불가능할까? 이런 고민들을 하다보면 거의 안 될 가능성에 무게가 기우는데 아무리 가능성이 없다고 해도 한번 시도를 해보는 건 좋은 방법이라고 생각한다. 해봐서 안 되면 마는 거지만 그러다 될 수도 있으니까.

'Strand Bookstore' 라는 서점이 있다. 뉴욕에 있을 때 정말 자주 가던 서점인데 '세계에서 가장 큰 서점' 이라는 타이틀을 가지고 있는, 뉴욕의 명소이기도 한 그 서점을 나는 참 좋아했다.

맨 처음 책을 내고 싶다는 생각이 든 것도 이 서점 안에서였다. 쉬는 날이면 그 곳에 들러 여러 가지 분야의 책들을 살펴보며 언젠가 이곳에 내 책이 놓이게 된다면 얼마나 행복할까, 하는 엉뚱한 상상을 하곤 했다. 귀국한 뒤에도 그런 상상은 계속됐는데 그게 과연 가능한 일인지 나조차도 끊임없이 의심을 품었다. 그렇지만 실행해 보지 않으면 절대 알 수 없으니 일단 시도해본 뒤 안 되면 포기할 작정이었다.

아무리 희박한 가능성일지라도 시도는 해보고 싶었다. 만일 누군가의 1%의 가능성이 실현된다면 그건 더 이상 1%는 아니게 될 테니. 그건 100% 실현 가능한 꿈이 될 것이다. 나는 내가 꿈꾸는 것들을 시도하는 삶을 살고 싶었다. 만일 실패한다 해도 기쁘게 포기할 수 있을 거라 생각했다. 그때 그거 한번 해보기나 할 걸, 하는 후회는 하고 싶지 않았다.

확신 없이 시작한 작은 시도 하나는 결국 내 상상을 현실로 이루어 냈고 이로써 뉴욕의 서점들에 내 첫 번째 아트북이 깔리게 되었다. 물론 'Strand Bookstore'에도 역시 내 책이 진열되었다.

최근에는 뉴욕의 메트로폴리탄 미술관에도 내 책이 진열되어 판매되고 있다는 소식을 들었다. 세상에! 그 곳은 세계 3대 박물관으로 꼽히는 곳이 아닌가! 나의 상상 이상으로 많은 일들이 벌어졌고 벌어지고 있다. 앞으로 또 어떤 일들이 벌어질지 모르겠지만 나는 가능성을 살아가는 사람이고 싶다. 그게 이루어지든, 아니든, 정해진 길이 아니라 가능성의 길을 따라가고 싶다.

위선자

위선자이고 싶지는 않다
그럼에도 나는 여전히 위선자인데
어쩌면 그것이 나의 본성이거나
어쩌면 인간의 본성인지도 모르겠다

유서 1

고등학교 때였다. 학생부 선생님이 어쩐 일인지 나와 내 친구들을 우르르 불러냈다. 다들 어리둥절할 때 선생님은 편지 한 장을 꺼냈는데 그걸 우리에게 내밀었다. 이게 뭐예요? 하고 펼쳐보자 그건 J의 유서였다. J는 편지 한 통을 남기고 우리의 이름을 주욱 나열한 뒤 죽어 버렸다. 그걸 읽으며 몇몇은 울었고 나는 친구의 죽음이 도저히 믿기지 않아서 울지 못했다.

J는 벌써 몇 달째 학교에 나오지 않고 있었다. 가출을 했다고 들었는데 그와 연락이 닿지 않아 도통 어디서 뭘 하고 다니는지는 아무도 몰랐다. 홧김에 집을 나갔다고는 하나 때가 되면 다시 돌아오겠거니 하는 태평한 마음도 있었다.

나는 점점 그를 생각하는 시간이 줄어갔다. 그리고 이제 거의 그를 생각하지 않고 있을 때, 선생님은 우리를 모두 한자리에 모이게 한 것이다.

J와는 같은 초등학교를 나왔다. 우리는 5학년 때 같은 반이 됐다. 학교엔 학생 수가 많지 않아서 같은 반이 아니어도 모두가 서로를 잘 알고 있었지만 나는 그와는 거의 교류가 없었다.

5학년이 되어서야 그와 처음으로 말을 주고받았는데 그마저도 조별 수업을 하기 위한 마지못한 대화였던 걸로 기억한다. 나는 항상 내가 그와는 다른 부류의 사람이라고 생각했다. 나는 보통의 범주를 벗어나는 행동을 하지 않았고 어른들이 말하는 규칙, 규범을 맹신하면서 그들의 안전선 안에 머물렀다.

반면에 그는 누군가 하지 말라고 하면 오히려 그것을 악착같이 하려는 애였고 내게는 그런 그가 너무도 파괴적이고 위협적으로 다가왔다. 그는 원하는 게 있으면 바로바로 의견을 내보였고 무언가 마음에 들지 않으면 그 자리에서 불만을 표출했다. 자주 싸웠고 자주 욕을 했다. 그는 감추기보다 드러내는 사람이었고 그런 점이 나를 무척 불편하게 만들었다.

나는 그에게 맞서지도 피하지도 않고 아예 그를 쳐다보거나 말을 걸지도 않았는데 그게 무엇이었나

하면 무시였다.

나는 선생님에게 꽤 예쁨을 받는 학생이었다. 성적이 좋았고, 단정했고, 말수가 적었으며, 무엇보다 선생님 말을 잘 따랐다. 할 것과 하지 말 것을 분명하게 구분하는 아이였고 그 점에서는 다른 아이들보다 영악했는지도 모른다.

가끔은 선생님이 눈에 띄게 나를 편애하는 바람에 친구들에게 미움의 대상이 된 적도 있었다. 나는 그럴 때마다 어느 면에서든 주목을 받는다는 건 대단히 위험한 일이라는 걸 깨닫게 됐다. 그래서 더욱 평범해지려 노력했고 말투, 행동, 옷차림, 소지품에 이르기까지 내가 가지고 있는 모든 것들에도 평범을 실행했다.

엄마가 가끔 서울에 다녀올 때마다 사 오던 반짝이고 예쁜 옷들을 나는 입지 못했다. 아름다운 것은 지나치게 돋보인다. 그것이야말로 내가 가장 두려워하는 것이었으니까.

그러던 어느 날, 한 여자가 학교에 찾아왔다. 담임선생님과 함께 교실에 들어온 여자는 울먹거리며 말을 했다. 자기는 S의 엄마이며 요즘 S가 밤마다 악몽에 시달리며 학교에 가지 않겠다고 떼를 쓴다고.

S를 달래 얘기를 들어보니 요즘 J에게 괴롭힘을 당하는 것 같은데 사실대로 말을 해줄 수 있겠느냐고.

실제로 J는 S와 자주 붙어 있었다. 툭하면 S를 불러다가 이런저런 것을 묻다가는 마지막엔 꼭 병신이라는 말로 얘기를 끝냈다. 에이 병신 그것도 모르냐?, 그것도 못해 이 병신아.

하루는 S가 눈이 시뻘개져서 자리로 돌아와 식식대며 눈물을 흘렸다. 나중에 듣기로는 J가 S를 화장실로 불러내 청소함에 있는 대걸레로 S를 깨끗이 빨겠다고 했다는 것이다.

짝꿍에게 처음 그 이야기를 들었을 때 나는 놀라거나 당황한 기색 없이 그냥 그렇구나 하고 고개를 끄덕였는데, 그간 J로부터 받은 인상이 그랬기 때문이었다. J라면 그럴 것 같았으니까. 그게 진짜냐고, 어떻게 그럴 수 있느냐고 상투적인 물음조차 꺼내지 않고 그저 '그랬구나' 라며 수긍했을 뿐이다.

어쩌면 그들의 관계가 너무 당연해서 그게 뭐가 이상한지 뭐가 잘못된 건지 알 수 없었는지도 모른다. 그러나 그전부터, 또 그 후에도 나는 J가 특별히 나쁘다는 생각은 하지 않았는데 그를 판단할 기준조차 내게는 존재하지 않았던 것이다.

J쪽을 슬쩍 돌아보자 그는 자리에 없었다. 우리는

빈 종이를 한 장씩 나눠 받았다. S의 엄마는 우리를 향해 몇 번이나 부탁한다며 머리를 숙였고 교실은 금세 숙연해졌다. 그런 그의 엄마를 보고 있자 나는 갑자기 J가 나쁘다는 생각이 들었다.

나눠 받은 종이 위에 글자를 써 내려갔다. 교실엔 무거운 침묵과 사각사각 연필 소리, 딸깍딸깍 샤프 누르는 소리만이 들렸다. 서로가 무엇을 쓰는지 모른 채 들려오는 그 소리들은 이상하게 나를 초조하게 만들었다. 연필을 쥔 손에 힘이 들어갔다.

나는 그들보다 더 열심히 쓰고 싶었다. J가 S를 어떻게 부르는지, 어떻게 괴롭히는지, 며칠 전 화장실에서 어떤 일이 있었는지…… 대수롭지 않았던 모든 것들이 어느새 J 때문에 벌어진 비극처럼 느껴졌다. 쓰고 또 쓰고 어느덧 종이는 뒷장으로 넘어갔다. 나는 마지막에 '이것이 제가 아는 모든 사실입니다.'라는 문장으로 스스로를 증명하듯 글을 마쳤다.

그런데 나는 도대체 무엇을 증명하고 싶었던 걸까. 그가 정말 나쁘다는 걸 알리고 싶었던 걸까. 아니면 그와는 다른 나를 증명하고 싶었던 걸까. 그와 내가 다르다고 선을 그음으로써 그것이 나와는 전혀 무관한 일이었다고 스스로 믿을 수 있었던 걸까? 그렇게 해서 나는 모든 죄책감을 떨쳐낼 수 있었던 걸까?

사실대로 말하자면 전부를 직접 본 것은 아니라고, 누군가에게 들었을 뿐이라고, 그 누군가도 또 다른 누군가에게 들었을 것이라고 그렇게 적었어야 했다. 더 정확히 말하면 나는 그 둘에게 관심이 없어서 어떤 일이 벌어지든 상관없었다고.

그러나 사실이라는 것은 그것이 실제인지와는 상관없이 보편적인 믿음으로 만들어지기도 하는 것이다. 그때 우리에게 남겨진 사실은 J가 나쁘다는 것, 그것뿐이었다.

마침내 소리가 멈추고 종이가 S의 엄마에게로 향했을 때, 차근히 종이를 읽어가던 그녀가 조금씩 몸을 떨었을 때, 작은 신음을 내며 흐느끼기 시작했을 때에도 우리는 여전히 아무 말도 하지 못했다.

J는 오토바이를 타고 자살했다고 했다. 그것이 진짜인지는 모르겠으나 선생님은 그렇다고 했다. 그는 유서에서 우리에게 미안하다고 했다. 그리고 자신의 몫까지 공부를 열심히 해서 훌륭한 사람이 되라고 했다.

어쩜 이렇게 죽음을 앞둔 순간까지 진부한 얘기를 늘어놓을 수 있을까. 공부를 열심히 하라니… 훌륭한 사람이 되라니….

죽음 앞에서 고작 그딴 말을 하고 싶은 거냐며 그에게 따져 묻고 싶었다. 하나도 훌륭하지 방법으로 지금 그는 내게 훌륭한 사람이 되라 하고 있지 않은가. 무슨 이런 개 같은 경우가 다 있어. 나는 당장에라도 그에게 욕하고 화내고 소리치고 싶었다. 자기 할 말만 다 하고 우리 얘기는 들어줄 생각이 없는 거냐고 묻고 싶었다.

그런데 어떻게 물어야 할까. 도대체 어디에서 어떻게 물어야 할까. 그는 이제 영영 사라져 버렸는데.

새하얀 종이에 빼곡히 무어라 적혀있는 글자들을 나는 다 읽지 못했다. 읽을수록 그것이 무엇인지 잘 이해가 되지 않았고, 글자들은 아무런 의미도 주지 못했다. 낱말과 문장들이 너무도 낯설어서 잠시 동안 나는 혹시 이것이 외국어일지도 모르겠다고 생각했다. 단어와 단어, 문장과 문장이 너무 멀어서 읽으면 사라지고 또 읽으면 사라졌다. 글자 하나하나가 해체되고 분해되어 공중으로 흩어졌다.

그러나 맨 마지막에 적힌 '미안해' 라는 그 말은

너무 선명해서, 너무나도 이해가 되어서 나는 숨이 턱 막혔다. 그 말은 언젠가 그에게서 들어본 적이 있는 말이었다.

나는 갑자기 오한을 느꼈다. 살갗을 파고드는 한기에 덜덜 떨면서 내 안에서, 목구멍 안에서, 가슴 안에서는 뜨거운 무언가가 펄펄 끓고 있었다. 살과 뼈와 피가, 마음이, 세상이, 모든 게 균열하고 있었다.

그에게 받은 두 번째이자 마지막 편지였다

유서 2

J에게 받은 첫 번째 편지는 6학년 때였다. 6학년 때 우리는 다른 반이 되었고 원래도 어색한 사이였지만 더욱 어색한 사이가 되어버렸다.

하루는 쉬는 시간에 복도에서 뛰어다니며 장난을 치던 J가 나를 실수로 때렸고 나는 울었다. 그는 어쩔 줄 몰라 하며 다시 교실로 돌아갔고 다음날 그는 뜻밖에도 내게 편지 한 통을 건넸다. 나는 그가 편지를 줄 때 무척 놀라고 당황스러웠는데 평소 그의 이미지라면 누군가에게 편지를 쓰거나 주는 일 따위는 절대 하지 않을 것 같았기 때문이었다. 그는 혼자 있을 때 읽어봐, 하는 말을 툭 내뱉고는 다시 돌아갔다.

나는 그 때를 회상하며 집 구석구석을 뒤졌다. 어딘가에 그 편지가 보관되어 있을 것 같았기 때문이다. 오래된 서랍장을 뒤지던 중 어릴 적에 편지를 모으던 깡통을 발견했고 아주 오랜만에 옛 편지들을 만날 수 있었다. 바닥에 쏟으니 양이 많아서 찾을 수 있을까 싶었지만 그의 편지는 의외로 쉽게 찾아졌다. 그의 이름이 적힌 그 편지는 샛노란 색의 종이라 수많은 무채색의 편지들 중에 돋보였다. 단정하게 접힌 그의 편지를 펼쳤다.

김나래

야 어제 내가 때린 거 괜찮아? 모르고 때린 거야. 미안해. 장○○ 잡으려다 그런 거니까 용서해줘. 다시는 안 그럴게. 그리고 어제 진심으로 사과 못 해서 미안해!

니가 이 편지 받고 내 사과 받아 주었으면 좋겠어. 그리고 선생님 말씀 잘 듣고 공부 열심히 해서 활기찬 6학년 마치길 바란다.

진심으로
미안해

그는 편지로 내게 사과를 하고 있었다. 천덕꾸러기 취급을 받던 그가 내게 선생님 말씀을 잘 들으라는 말은 코미디였다. 그는 유서에서처럼 첫 번째 편지에서도 공부를 열심히 하라는 말을 끝인사로 적었다. 왜 그는 자기가 하지 않는 일을 내게 그렇게도 당부했던 것일까? 혹시 자신이 그렇게 되고 싶었던 건 아닐까?

특히 마지막의 '미안해' 라는 말은 펜으로 쓰지 않고 작고 동그란 컬러 스티커들을 붙여 큼직하게 글자로 만들어 놓았다. 그가 그 작고 예쁜 색색의 스티커들을 하나하나 붙여 글자로 완성했을 생각을 하니 씁쓸해졌다. 그가 내게 그토록 최선을 다해 사과를 했다는 것이.

그때 나는 답장을 하지 않았던 것 같다. 여기에 이렇게 편지를 처박아두고 다음 날 아무렇지 않은 얼굴로 학교에 갔던 것 같다. 그에게 인사를 하거나 편지를 잘 받았다거나 그런 말도 없이. 그냥 여느 때처럼 똑같이 그를 무시했을 것이다.

그런데 그는 나를 신경 썼을까?

나는 문득 그 때 그에게 답장이라도 써 줄걸 하는 후회가 들었다. 어쩌면 그는 내 답장을 기다리고 있었을지도 모르는데.

고등학교 때 다시 만난 우리는 함께 여러 가지 행사를 하며 조금씩 친해졌다. 그는 예전만큼 사고뭉

치는 아니었지만 예전처럼 무뚝뚝했다. 그를 조금씩 알게 될수록 그의 무뚝뚝함과 무례한 말투가 어떤 결핍에서 기인한 것이라는 인상을 받았고 그래서 나는 더 이상 전처럼 그를 무시하거나 거리를 두지 않았다. 나는 이제 그를 친구로 받아들였다. 조금씩 그를 이해하게 됐기 때문에.

한번은 그가 우리 집에 찾아온 적이 있었다. 어떻게 우리 집을 알았는진 모르겠지만 그는 함께 놀자며 집 앞에서 내 이름을 불렀다.

나는 조금 당황했는데 첫 번째로 연락도 없이 갑자기 집에 찾아와서 놀자는 게 그랬고, 두 번째로 친구 집에 와서 누구야~ 놀자~ 하고 부른다는 게 꼭 애처럼 느껴져서 그랬다. 그럼에도 불구하고 나는 그가 반가워서 서둘러 준비를 하고 나가려는데 남자가 집에 찾아온 걸 본 우리 할머니가 욕을 하며 J를 내쫓아 버리는 바람에 그 날의 만남은 무산됐다. 그 뒤로 그가 우리 집에 다시 찾아오는 일은 없었다.

그와 어느 정도 가까워졌다고 느꼈을 무렵, 그는 갑자기 학교에 나오지 않았다. 그가 죽고 난 뒤에야 나는 그에 대한 기억들을 회상하기 시작했는데 그는 무례하고 완고한 사람이었지만 내게는 늘 친절했다. 그가 내게 무례하게 굴었던 기억을 아무리 떠올리려

해봐도 기억이 나질 않았다. 오히려 무례한 건 내 쪽이었다. 나는 그의 말을 들으려고 한 적도 없고 이해해보려 한 적도 없었으니까. 그저 다른 사람이라고 선을 긋고 그를 삐딱한 시선으로 바라만 봤으니까.

최근에 J의 오래된 편지를 다시 읽으며 들었던 안타까운 생각은 내가 조금만 그에게 다가갔더라면 어땠을까 하는 것이었다. 어쩌면 그도 자신을 제지해줄 친구를 기다리고 있지 않았을까?

그는 어떤 게 옳고 그른지조차 제대로 알지 못했을지도 모른다. 그러지 말라고, 그건 옳지 못하다고 만약 내가 어린 시절 그에게 말해 주었더라면 어땠을까. 어쩌면 그는 그 한 마디에 그냥 모든 만행을 반성하고 보통의 아이로 돌아갔을지도 모른다. 그런 사람이 없었기 때문에, 누구도 관심을 보이지 않았기 때문에 그는 연신 튀는 행동을 할 수 밖에 없었던 게 아닐까?

J가 죽기 직전 우리는 꽤 가까워졌지만 그렇다고 해서 서로에 대해 깊은 얘기를 나누거나 서로의 사정을 잘 이해하고 있었던 건 아니다. 그저 같은 학교의 동창생으로서 매일 보는 얼굴에, 가끔씩 장난치고 웃고 까불며 서로를 놀려대곤 했을 뿐이다.

그의 죽음을 처음 접했을 때 여태까지 그에 대해

전혀 알지 못했다는 사실은 나를 괴롭게 했다. 그에게 어떤 어려움과 고통이 있었는지, 어떤 사정이 있었기에 그런 선택을 할 수 밖에 없었는지, 왜 아무런 말도 없이 떠나야만 했는지. 나를 포함한 친구들 모두 그 점에 대해 깊은 죄책감을 느꼈다. 누구도 그가 죽은 이유에 대해 몰랐다. 누구도 그에 대해 잘 알지 못했다.

친구의 자살은 당시에 무척 충격적이었고 한동안은 깊은 우울 속에 지냈다. 특히나 어릴 적 그를 대했던 나의 태도가 생각나 더욱 힘들었다. 어쩌면 그는 계속 내게 손을 내밀고 있었을지 모르는데. 계속 기다리고 있었을지도 모르는데. 나는 왜 그의 손을 잡아주지 못했을까. 왜 그런 용기가 없었을까.

만약 다시 그때로 돌아간다면 나는 J가 잘못된 행동을 할 때 그러지 말라고 타이를 것이다. 아주 예쁜 종이에 그에게 답장을 정성스레 쓸 것이다. 나는 괜찮으니 걱정하지 말라고, 이렇게 편지를 써주어 너무 고맙다고.

가끔은 그에게 학교가 끝나면 우리 집에 같이 놀러가자고 조를 것이다. 그리고 함께 맛있는 간식을 먹으며 그의 말을 유심히 들어줄 것이다. 그의 관심사, 고민, 꿈, 그의 모든 생각을 들어줄 것이다.

그러나 만약은 오지 않는다.

내 삶은 수많은 사람들의 삶과 죽음으로 점철되어 있다. 나는 생을 빚지고 있다. 나의 살아 있음은 누군가의 죽음으로부터 비롯되고 누군가의 죽음은 나의 살아 있음으로 비롯된다는 생각을 떨칠 수가 없다. 죽은 이들을 떠올리며 나는 그들이 나를 바라보고 있다는 상상을 자주 한다. 어딘가에서 나를 지켜보고 있지 않을까? 이런 나를 보고 어떻게 생각할까? 그래서 지금 내가 잘하고 있는 건가? 하며 죽은 이들에게 묻는다.

많은 죽음들 속에서 살아 있다는 것만으로 종종 미안함을 느낀다. 그럴 때 갑자기 눈물이 터져 나오는데 그것은 죽은 이들 때문이 아니라 내가 살아 있기 때문에 그렇다. 기쁘기도 하고 슬프기도 한 이상한 감정은 나를 얼마간 압도한다. 그렇게 한동안 울고 나면 나는 이 생을 잘 살아내고 싶다는 욕구가 생긴다.

나는 얼마나 많은 사람의 생을 대신하고 있을까, 얼마나 많은 사람에게 생을 빚지고 있을까, 하는 질문은 나를 조금 부끄럽게 만든다. 가끔씩 J가 떠오를 때, 그가 내게 남긴 마지막 말은 나를 더욱 그렇게 만든다. 그러나 내가 부끄럽든 그렇지 않든 삶은 계속된다. 남겨진 이들은 기억과 망각을 되풀이하며 흘러갈 것이다. 누구나 그렇듯, 여전히 훌륭하지는 못한 모습으로.

사랑을 하기 어려운 이유

점점 시간이 흐를수록 사랑을 하기 어려운 이유는 이제 더 이상 누군가를 자신보다 우선순위에 둘 수 없게 되어버렸기 때문은 아닐까

멋있는 어른

중학교 때 친구들과 재미삼아 신문 대금을 받으러 다닌 적이 있다. 아르바이트라고 하기에도 뭣한 적은 돈을 받으며 그래도 즐겁다고 깔깔대며 돌아다녔다. 어릴 때는 빨리 어른이 되고 싶고, 어른의 세계가 궁금하고 흉내도 내보고 싶고, 괜스레 그랬다. 그중에서도 돈을 번다는 것은 우리들에게는 최고의 어른 흉내가 아니었나 생각한다. 얼마 안 되는 돈이라도 학생의 신분으로 '일' 을 하며 받는다는 것이 무척 설레던 때였다.

사장님이 적어 주신 주소와 대금을 확인하면서 한 군데씩 차례로 찾아갔다. 정확히 기억은 나지 않지만 그 때 종이에 적힌 장소는 10군데쯤이었던 것 같고, 그 날 우리가 수금에 성공한 곳은 절반이 채 되지 않았다. 모두 일반 주택이 아닌 상가였고, 대부분은 사장님이 안 계시니 다음에 오라며 우리를 돌려

보냈다. 그 중에는 어린 것들이 기특하다며 격려를 해 주신 분도 계셨고 아예 문이 닫혀있는 곳도 있었는데 가장 기억에 남는 곳은 어떤 여행사였다.

그 여행사는 시내 한가운데에 위치한 상가건물의 2층에 있었는데 문을 열고 들어가자 낯익은 분이 앉아 계셨다. 바로 친구의 아버지였다. 공손하게 인사를 하고 신문 대금을 받으러 왔다고 말을 전하고 있는데, 미처 말이 끝나기도 전에 친구 아버지는 크게 화를 내며 욕을 하기 시작했다.

"아니 이런 개새끼들이 왜 자꾸 돈을 받으러 와? 미친놈이 이제 어린 것들을 보내서 돈을 뜯어갈려고 하네? 야 우리는 신문 읽지도 않았으니까 앞으로 신문 넣으면 내가 아주 죽여버릴거야!"

너무 놀라서 알겠다고 돌아가려는데 다시 폭언이 쏟아졌다.

"야 니들 부모가 돈 벌어오래? 하 거 참 웃기네. 니 엄마 아빠가 너한테 돈 벌어 오라고 시키더냐고!"

태어나서 처음 들어보는 폭언과 모욕적인 말에 나는 그만 얼굴이 벌겋게 상기되어 눈물이 벌컥 났다. 돌아가 사장님께 말을 전하고 우리는 그날로 신문 대금을 받으러 다니는 일을 그만두었다.

집에 돌아와서도 친구 아버지의 무서운 얼굴과 위협적인 모습이 떠올라 한동안 가슴이 뛰었고 마음이 안정되자 그 일이 선명히 다시 떠올랐다. 그의 말대로라면 신문사에서 신청하지도 않은 곳에 신문을 넣었고 돈을 받으러 찾아오니 화가 날만한 상황이라는 것이 이해가 되었다.

그러나 그렇다고 해도 자기 자식뻘 되는 아이들에게 폭언을 하고 함부로 대하는 것은 도대체가 정상적인 인격을 가진 사람인지 의심이 들었다. 더군다나 그 상황과는 아무 상관도 없는 부모를 들먹이면서 말이다. 우리 부모님은 이 사건에 대해서도 알지도 못할뿐더러 내가 아르바이트를 했다는 것조차 모르고 있었다. 부모님이 이 이야기를 들으며 얼마나 속상해 할지를 떠올리자 나는 이 사건을 함구하기로 했다.

그러면서 떠오른 또 다른 인물은 바로 그의 딸이자 내 친구였던 A였다. A를 떠올리자 첫 번째로 든 생각은 'A가 이 일을 알면 얼마나 부끄러울까' 하는 것이었다. 그래서 나는 마찬가지로 A에게도 이 일을 함구하기로 결정했다. 생각은 꼬리에 꼬리를 물고 그 아저씨는 집에서도 가족들에게 저럴까?, 혹시 가족들에게 폭력을 행사하지는 않을까? 하는 걱정이 들기도 했다. 또, 만약 내가 A의 친구인 걸 알았다면 그의 태도가 달랐을까?, 내가 늦게라도 그 자리에서 A의 친구인 걸 밝혔다면 그는 조금이라도 부끄러움을 느꼈을까? 하는 의문을 스스로에게 제기해 보았지만 그 날 내가 봤던 그의 모습은 어떤 부끄러움이나 수치심을 느낄 수 있을만한 인격의 사람이 아니었다.

나는 이제 어른이 됐고 A와는 아무 상관도 없는 사람이 되었다. 어디서 무얼 하고 사는지 조차 알 수 없지만 가끔씩 A를 떠올릴 때면 늘 그 아버지의 험한 인상이 함께 겹쳐 그려지곤 한다. 참 다행인 것은 그 사건을 겪고 나서 내가 성숙한 어른이 되어야겠다는 다짐을 단단히 하게 되었다는 것이다. 나이를 먹었다고, 몸이 크다고 다 어른은 아니니까. 나이를 먹어가면서 그에 걸맞은 인품도 함께 배워나가고 한다는 걸 그를 통해 배웠으니 그 일이 내게 썩 나쁘지만은 않았다고 위로할 수 있게 되었다.

지금껏 살아오며 그보다 더한 일들을 겪어왔지만 여전히 그 기억이 잊혀지질 않는 것을 보면 아마도 어릴 때의 충격이 상대적으로 더 크게 다가왔기 때문인가보다. 그 기억을 떠올릴 때마다 나는 스스로를 되돌아보게 된다. 지금까지 나는 누군가를 함부로 대한 적이 없는지. 어리다고 그들을 얕잡아 대하지는 않았는지. 누군가에게 모욕적인 말을 내뱉지는 않았는지. 만일 그렇다면 그에게 사과를 했는지. 아니면 스스로 진심 어린 반성을 했는지.

점점 말과 행동을 하는 데에 신경을 쓰게 되는 자신을 발견한다. 그게 좋은 것인지 나쁜 것인지는 모르겠으나 나이를 먹어감에 따라 그에 맞는 언행을 해야겠다는 생각을 자주 하게 된다. 어린 친구들이 나를 볼 때 '멋있는 어른이다' 라는 생각을 할 수 있었으면 좋겠다. 최소한 아이들에게 '부끄러운 어른' 이 되지는 말아야겠다.

내가 가고자 했던 곳이 아닐 수도 있지만

대학을 졸업하고 나는 배우가 되고 싶었다. 여러 번의 오디션을 봤고 여러 배우들이 활동하는 매니지먼트에도 소속된 적이 있었다. 배우가 되겠다는 꿈을 가지고 호기롭게 서울 생활을 시작했지만 그 과정은 그리 호락호락 하지 않았다.

좋은 배우가 되기 위해서 어떤 일이든 마다 않고 해야 했지만 나는 좋고 싫은 게 분명한 애였다. 그리고 당시에 내가 배우로 성장할 수 없었던 가장 결정적인 요인은 바로 끈기가 없었다는 것이다. 어떤 것을 조금 해보다가 힘들면 바로 포기해버리고 이건 나랑 잘 안 맞네 하는 식이었다. 그런 내게 잘 맞는 일이란 거의 없었다. 나는 그때 살고 있던 원룸의 월세를 벌어본 적이 거의 없는데 그 몫은 고스란히 아빠의 책임이었다. 보증금만 해주면 어떻게든 스스로 월세를 벌어 보겠다고 호언장담 해놓고 나는 내 역할을 전가했다. 어찌나 책임감이 없고 낯짝이 두껍던지 나중에는 마치 그게 당연한 것인 듯 아빠에게 월세를 받아냈다.

신기한 건 그런 일에 있어서 부모님이 내게 화를 내지도, 별말을 하지도 않았다는 건데 어쩌면 부모님의 그런 성향 때문에 어릴 적 내가 책임감이 좀 부족했을 수도 있겠지만 어쨌든 자라면서, 또 성인이 되고 나서도 부모님의 잔소리로 스트레스를 받은 일이 전혀 없다는 것은 굉장한 사실이다.

내가 처음 배우가 되겠다고 말을 했을 때도 우리 부모님은 흔쾌히 그러라고 했는데, 어떤 일에서도 부모님은 내게 안 된다고 하거나 호들갑을 떤 적이 없었다. 조금 무심한 듯하게 그러라고 했기 때문에 어떤 일이든 편하게 말을 꺼낼 수 있었다.

학교를 다닐 때는 단 한 번도 공부하라는 말을 들어본 적이 없는데, 우리 아빠로 말할 것 같으면 고등학교 때 야자를 하기 싫다는 딸의 말에 학교에 전화를 해서 야자를 아예 빼버린 전적이 있는 사람이다. 나는 전교에서 유일하게 야자를 안 하는 애였고 친구들의 부러움을 샀다. 야자를 안 하는 대신 나는 아빠랑 야식을 먹으러 다녔다. 언젠가 어떤 선생님은 우리 아빠를 두고 뭐 저런 부모가 다있냐며 궁시렁

댔는데 나는 그 선생님보다 우리 아빠가 훨씬 더 좋은 부모라는 것을 단번에 알 수 있었다.

부모님은 내가 원하는 일들은 대부분 지원을 해주셨지만 내가 원하지 않는 한 내게 공부를 시키지 않았고 거의 모든 것에 있어서 강요나 요구도 하지 않았다. 그래도 나는 내가 할 수 있는 만큼 공부를 했고 원하는 성적을 받았다. 나는 정말 청개구리 기질이 강한지라 누가 뭘 시키면 오기로라도 그걸 꼭 안 하는 애였다. 부모님은 그런 나를 잘 알았던 건지, 아님 당신들만의 교육 방침이었던 건지 모르겠지만 어쨌든 나에게 꼭 맞는 교육이었다.

처음 연기를 접한 건 우연에 의해서였다. 어느 날 학교를 마치고 그냥 길을 걸어가고 있었는데 어떤 언니가 다가오더니 혹시 연기해볼 생각 없어요? 이러는 거다. 이게 웬 사기꾼인가 싶어 경계하고 있는데 자기는 어떤 극단의 배우라면서 언제 한번 공연을 보러 오라며 연락처를 물어봤다. 심지어 그때 나는 고등학생이었고 '진천' 이라는 아주 작은 동네에 살고 있었다. 그런 시골 동네에서 갑자기 명함을 주고 연기해볼 생각이 없느냐고 물어보는 건 누가 봐도 백 프로 사기꾼이 아닌가?

호기심에 일단 연락처를 받고 다음번에 만났는데

그 언니는 진짜 극단의 배우였다. 내용은 잘 생각이 안 나지만 그 언니가 출연하는 공연을 봤던 것은 기억이 난다. 그 뒤로 그 언니와는 몇 번 더 만났다. 나를 썰매장에 데려가는가 하면 맛있는 걸 사주고 나에게 너무 잘해주는 게 딱 사기꾼 같은 느낌이었는데 실제로는 아니었다.

언니를 통해 그 당시 유명했던 청소년 드라마의 출연자를 뽑는 오디션이 있다는 소식을 들었고, 언니는 나보고 거기에 참가해 보라고 했다. 얼떨결에 오디션을 보러 갔고 거기서 뭘 했는지는 기억이 안 나지만 어쨌든 합격을 했다. 아마 대본을 읽었던 것 같다. 그리고 바로 촬영을 하는 줄 알았는데 2차 오디션을 또 보러 오라는 거다. 그래서 또 갔다. 또 합격을 했더니 이제 3차 오디션을 보러오라고 하는데 갑자기 확 열이 받았다. 고생해서 갔더니 계속 합격은 시켜놓고 계속 오라가라 하는 게 말이다. 이제 와서 떨어지면 친구들에게 뭐라고 말해야 하나 걱정도 들었다. 어쨌든 오디션은 계속됐고 4차를 마지막으로 최종 배우들이 선정됐다.

그렇게 갑작스러운 사건으로 난생 처음으로 연기라는 걸 접하게 됐고 합격한 배우들은 얼마간 연기 수업을 받고 촬영에 들어갔다. 촬영장에 가면 마냥 신날 줄 알았는데 막상 그곳은 기다림과 지루함의 연속이었다. 촬영하는 시간보다 기다리는 시간이 훨씬 많았고 자정이 지나 새벽이 되고 하루를 꼬박 새워야 촬영이 종료되곤 했다. 연기고 뭐고 피곤해서 어떻게 했는지도 모르겠고 촬영장에 나가고 싶지 않은 마음이 커졌다. 학교에 나가는 게 훨씬 나아 보였다.

이런저런 수고로움 끝에 내 인생의 첫 번째 연기는 끝이 났다. 너무 피곤하고 힘든 일이라는 생각 때문에 계속 하고 싶지는 않았다. 다른 진로로 대학을 결정하고 난 뒤 한 학기를 다니고 나는 결국 자퇴하게 되는데, 다시 연기를 배우고 싶어졌고 나는 진로를 변경하여 연기를 전공하게 된다.

대학 생활은 정말 재미있었다. 매일매일 무대에서 먹고 자고 밤을 새가며 동기, 후배, 선배들과 무대를 만들어 갔다. 그때까지 중에 무언가를 제일 열심히 했던 때였다. 빨리 학교를 졸업하고 현역에서 일을 하고 싶은 마음이 커졌다.

졸업만 하면 뭐든 할 수 있을 것 같았는데 막상 졸업을 하자 일은 내 계획대로 되지 않았다. 솔직히 말하자면 나는 내가 배우로서 꽤 괜찮은 재능이 있다고 생각했다. 학교 안에서의 생활이 다였던 나는 그게 사회에 나가서도 먹힐 줄 알았던 거다. 그러나 실제 오디션장에는 나와 비슷한, 나보다 나은 연기력을 가지고 있는 친구들이 많았고 그들 대부분은 나보다 훨씬 더 열정적이었다. 앞서 말했듯이 그중에서도 내게 정말 부족했던 건 끈기였다. 끈덕지게 연기에 대해 물고 늘어지질 못했다. 그런 노력도 없이 나를 알아보지 못하는 사람들을 원망했다.

그 무렵 나는 배우보다는 모델 활동으로 돈을 더 많이 벌었는데 시간이 지나자 나는 어느새 모델이라는 타이틀을 달고 있었다.

오디션장에서 배우치고 키가 크다는 말을 여러 차례 들어왔고 배우보다는 모델로서 일이 훨씬 더 많이 들어왔기 때문에 나는 점점 더 모델 일에 할애하는 시간이 커져갔다. 패션모델 에이전시에 계약을 하면서부터는 조금 더 전문적으로 모델 일을 하기 시작했다.

모델 활동을 하며 사람들은 내게 어떻게 모델이 됐어요? 어떻게 하면 모델이 될 수 있죠? 라는 질문을 자주 했는데 내가 생각해 봐도 딱히 어떤 계기가 있었던 것 같지는 않아 그냥 어쩌다 보니 됐네요, 하고 얼버무린 적이 많았다. 따로 모델 교육을 받거나 하진 않았는데 그냥 현장에서 바로 일을 하며 배워

나가게 됐으니 한편으로는 내가 참 운이 좋았다고도 생각한다.

워킹 하는 방법을 알지 못했지만 그냥 걸었고 사진 찍히는 법을 알지 못했지만 그냥 찍었다. 그런 일이 많아질수록 나는 조금씩 더 익숙해졌고 자연스러워졌고 어느 순간 모델이 되어 있었다.

처음에는 배우로 시작했지만 모델로 끝을 맺게 되는 그런 뻔한 내 직업 이야기였다. 누구나 처음의 계획대로 일을 하는 사람을 없을 거라고 생각한다. 생각지 못했던 일을 하고 있을 수도 있고 또 비슷한 일을 하고 있을 수도 있겠지만 처음 생각한 그대로를 완벽히 실천하고 있는 사람은 거의 없을 것이다.

그러나 내가 처음 가려 했던 길이 아니라고 해서 그것이 잘못되었다거나 틀린 길은 아니라고 생각한다. 지금 내가 글을 쓰고 그림을 그리는 것도 과거에 내가 걸었던 길을 통해 온 것이므로 그것들은 내게 반드시 필요한 일이었다. 과거의 일이 없었다면 지금의 일도 없고 과거의 내가 없었다면 지금의 나도 없는 것이니까.

영국의 작가 더글라스 애덤스는 이런 말을 했다.

내가 가고자 했던 곳이 아닐 수도 있지만 나는 결

국 내가 있어야 할 곳에 왔다고 생각한다.

지금의 나는 내가 되고자 했던 사람이 아닐 지도 모른다. 그러나 나는 정확히 내가 있어야 할 곳에, 내가 되어야만 하는 그 사람이 되어 있다고 생각한다. 어떤 사람, 무엇을 꿈꾸었든지 간에 결국 나는 지금의 내가 되었음에 감사한다.

사람의 이중성에 대한 메모

1 /

사람이란 매우 이중적인 것 같다. 우리는 모두 행복하기를 바란다지만 실상은 습관적으로 행복을 원하지 않는 사람인 것처럼 보일 때가 많다. 우리는 누군가를 칭찬하는 일에는 인색하지만 누군가를 비난하는 일에는 열성을 보인다. 나는 그 사람의 이런 점이 좋아 라는 말 보다는 나는 이런 점이 싫기 때문에 그 사람은 나쁘다고 말한다.

때로는 나에게는 관대한 도덕적 잣대는 상대방으로 옮겨가면서 매우 철저해지는 것 같다. 나는 거짓말을 하면서 다른 사람에게는 정직하라고 한다. 나는 내 이익을 추구하면서 다른 사람에게는 이기적이게 굴지 말라고 한다. 나는 친구들에게 싸구려 우스갯소리를 하면서 다른 사람의 말장난에는 천박하다고 말한다.

누군가를 비방하는 일에 참여하지 않으면 그 사람은 곧 미움을 사게 될지도 모른다. 그것에는 여러 가지 온갖 악한 이유들이 따라 붙겠지만 사실은 그 사람이 거짓말쟁이거나 나쁜 사람이라서가 아닌, 단지 나의 험담에 동조하지 않거나 나에게 듣기 좋은 말을 하지 않았기 때문이다.

자신의 생각에 반하는 문제가 발생하면 그 문제를 받아들이려 하지 않을 때도 있다. 이런 생각이 든다. 사실을 있는 그대로 받아들이기만 한다면 세상 대부분의 문제는 없어질지도 모른다고. 자신의 생각과는 다르다는 이유로 또다시 비난이 시작된다. 해결책을 제시하기보다는 일단 문제에 대한 비난을 하고본다.

사실은 자신이 평소에는 그 문제를 중요하게 여기지 않았더라도 지금 자신의 정당성을 지키기 위해 상대방을 비난한다. 그러는 동안 문제는 점점 확대해석 되고 통제 불능의 상태로 치닫는 것처럼 느껴진다. 진짜 문제는 사태가 악화되는 동안 정작 비난 말고는 하는 것이 없다는데 있다.

험담을 하고 깎아내리는 동안 그 문제는 전혀 해결되지 않는다. 결국 문제를 해결하는 것은 말이 아닌 행동과 실천인데.

자유를 사랑한다고 말하는 사람들 중 일부는 모순

되게도 상대방의 자유를 침해하고 억압하는 일을 초래한다. 마치 입으로는 평화와 사랑을 외치며 폭력 시위를 일으키는 것처럼. 어떤 것에 대한 집착은 오히려 그것의 부재를 드러내준다. 도덕성을 지나치게 강요하는 사람들은 어쩌면 대부분 도덕적이게 살아오지 않았을지도 모른다.

"당신이 어떤 사람을 미워한다면 그 사람 안에 있는 당신의 한 부분을 미워하는 것이다. 자신 안에 있는 것이 아니면 그것이 우리를 불편하게 하지 않는다."

헤르만 헤세의 말은 나를 무척 반성하게 만들었다. 왜 나는 상대방의 부정적인 면을 보게 되는지, 왜 그것이 나를 불편하게 만드는 것인지. 사실은 나 역시 부족하고 오점이 너무나 많은 사람이라는 것을 받아들이고 되돌아볼 수밖에 없었다.

2 /

진정 누군가를 위한 일을 하고 싶다면, 어떤 불합리한 상황을 개선하고 싶다면, 차별을 반대한다는 구호를 외치기보다는 자신이 직접 행동으로 사랑을 보여주는 것이 더 효과적일지도 모른다.

나는 가끔 일상생활에서의 사사로운 것들을 하찮게 여기는 경향이 있는데 사실은 그 하찮은 것들이 모여 내 인생을 이루고 있다는 것을 생각하면 몸서리치게 한심해진다. 사소한 것에서 사랑을 실천할 수 없다면 결국 아무리 위대한 사랑을 외친다한들 그것이 효과가 있을까. 대단한 어떤 것을 이루어 내기 전에 스스로의 인생을 온전히 독립적으로 책임지고 있는지부터 살펴보아야 한다는 생각이 들었다.

스스로를 사랑하지 않는 사람이 남을 사랑하고, 친구에게 친절하지 않은 사람이 모르는 이에게 친절을 베풀고, 부모님을 공경하지 않는 사람이 다른 사람을 공경할 수 있다는 것 자체가 모순처럼 보인다. 사소한 일조차 해내지 못하는 사람에게 정작 큰 일을 해낼 수 있다고는 기대하기 어려우니까. 사회적으로 인정받는 사람을 단번에 신뢰하기는 어렵지만 만약 가족들에게 인정받는 사람이라면 훨씬 믿을 만해 보일 것이다.

3 /

내가 실천하고 있지 않은 것들을 남에게 실천하라고 요구하거나 기대하는 것은 위험한 독선이다. 그 기대로 인한 실망, 나와 의견을 달리 하는 것에 대한 분노 같은 것들도 전적으로 본인의 책임이지 상대방의 책임은 아니다. 결국에 헐뜯고 남을 탓하는 것은 스스로의 인생에 책임을 지지 않는다는 것이고, 주체적인 삶이 아닌, 다른 사람에 의해 좌지우지 되는 인생을 살아가고 있다는 것을 보여주고 있는 것이다. 그럼에도 불구하고 끊임없이 스스로를 피해자로 몰아가는 것은, 남을 탓하는 것이 내 인생에 대한 변명 중 가장 쉬운 방법이기 때문일 것이다.

때로는 개개인의 옳고 그름과 도덕성으로 인한 판단조차도 매우 무의미한 것처럼 느껴진다. 왜냐하면 옳고 그르다는 판단은 하루아침에 뒤바뀔 수 있는 신기루 같은 것이기 때문에. 무엇이 옳고 그른지는 절대적인 기준에 의해서가 아니라 당시 사회의 보편적인 신념에 따를 수밖에 없다. 그러니까 내가 어제 옳다고 생각한 일은 내일 그른 것이 될 수도 있고 내가 지금 그르다고 생각한 것이 몇 년 후에 옳다고 여겨질 수도 있는 것이다.

진심으로 무언가를 제대로 이해하려면 양쪽 면을

다 들여다보는 것이 합당하지 않을까. 내가 싫어하는 것이라면 오히려 더욱 끈덕지게 좋아할 만한 면을 찾아보아야 한다는 생각이 든다. 억지로라도 이렇게 해야 내가 싫어하던 것들이 사실은 내 편견에 지나지 않았고, 처음부터 내가 잘못된 출발점에 서 있었다는 것을 깨달을 수 있기 때문에. 양쪽 면을 모두 들여다 본 후에 제대로 그것을 이해한다고 할 수 있게 되었을 때, 취향이라는 것이 생겨난다고 믿는다. 그렇지 않고 생겨난 취향은 사실상 다른 사람들에 의해 주입된 취향이지 엄밀히 따져 "내 취향" 은 아닐 것이다. 만약 다각도의 검토에 의해 이루어진 스스로의 취향이라면 이것들은 어떤 것이 되었든 존중받을 만하다.

직업의 시작

2015년, 뉴욕에서 한국으로 돌아왔을 때, 나는 막 서른을 코앞에 두고 있었다. 29살의 사회 초년생, 그것이 나의 정확한 위치였다.

그림을 그려야겠다고 결심은 했지만 막상 쉽지는 않았던 게, 그림에 대해 배워본 적도 없을뿐더러 어디서부터 무엇을 어떻게 시작해야 할지 몰라 막막했던 것이 사실이었다. 고작 뉴욕에서 취미로 그림을 그렸던 게 다인데 그걸로 뭘 할 수 있을지 확신이 서지 않았다. 그리고 나는 실력적으로도 너무 미숙했다.

그렇지만 막 한국에 도착했을 때 이상하게도 그리 불안하거나 초조하지는 않았다. 이역만리 뉴욕에서도 어찌어찌 잘 버텨왔는데 여기는 집도 있고 가족도 있고 친구도 있는 한국이 아닌가. 뭐라도 해서 먹고는 살겠지, 하는 막연한 자신감이랄지 패기 같은 게 있었던가 보다.

어떻게 해야 할지 몰라서 나는 그냥 매일매일 그림을 그렸다. 내가 현재 할 수 있는 일은 그것뿐이었으니까. 그때 내가 가진 재산이라곤 시간이 유일했고, 무료한 시간을 보내기에는 그림을 그리는 것 만한 게 없었다. 어차피 나는 아무것도 가진 게 없어서 잃을 것도 없었고 그랬기 때문에 오히려 미래에 대한 불안감보다 앞으로 쌓아갈 나의 미래에 대한 기대감이 컸는지도 모르겠다. 그 작은 시작점이 내게 어떤 의미가 되어줄지, 어떤 파장을 불러일으킬지, 그런 것들은 전혀 생각하지 못한 채로.

처음으로 노트북에 타블렛을 연결해 그림을 그리던 날이 기억난다. 그 전까지는 한 번도 타블렛으로 그림을 그려본 적이 없어서 동그란 원 하나, 일직선 하나 긋기도 버거워 하루 종일 똑같은 선을 긋는 연습을 했다.

언젠가 처음 그렸던 엉망인 그림들을 가지고 강의를 한 적이 있다. 부끄럽지만 나는 그것들을 사람들에게 꼭 보여주고 싶었다. 이렇게 부족한 실력이라도 포기하지 말라고 말하고 싶었다. 누구나 이렇게 시작하게 되는 거라고, 모두가 처음엔 서툰 거라고 얘기하고 싶었다. 사람들은 내 첫 그림들을 보고 웃었다. 그림이 너무 형편없어서 여기저기서 실소가 터져 나왔다. 나는 지금 마음껏 웃고 모두 자신이 좋아하는 일을 떠올려 보라고 했다. 그리고 그것이 몇 년 뒤에 어떻게 발전하게 될지 상상해보라고 말했다. 내가 지금 상상할 수 있는 범위보다도 훨씬 더 많은 성과가 있게 될 거라고, 스스로를 믿는다면 놀라운 일들이 일어나게 될 거라고.

어쨌든 매일매일 그림을 꾸준히 그리고 어느 정도 그림이 모이자 나는 평소 눈여겨보던 출판사에 내 그림을 첨부해 출간 제안 메일을 보냈다. 운이 좋게도 몇 군데에서 연락이 왔고 그 중 한 출판사와 계약을 하게 되었다.

한국에 귀국한 뒤 몇 개월 만의 일이었고, 나는 당연히 출판계에 대해서도 잘 몰랐기 때문에 계약이라는 것이 원래 이렇게 쉽고 빠르게 진행되는 것이라고 생각할 수밖에는 없었다. 그런데 지금 와서 생각해 보면 출판사에 투고 메일이 수도 없이 들어올 텐데 내 것을 확인한 것도 다행이었거니와 경력이 전무한 작가와 바로 계약을 했다는 것이 참 놀랍고 감사한 일이 아닐 수 없다. 그 인연으로 그 출판사와는 그 해에 세권의 책을 출판하게 되었다. 다른 작가분의 글에 일러스트를 그린 것을 시작으로 내 책들은 세상에 나오게 된 것이다.

이것이 지금의 내 직업의 시작이라고 할 수 있다. 작가로서, 일러스트레이터로서, 세상에 내 이름을 소개하게 된 시작점이다. 시작은 했으나 아직 끝나지 않은, 돌이켜보면 애틋하고 뭉클한 내 직업의 시작이다.

가끔 첫 책을 작업하던 시절을 떠올린다. 외롭고 우울한 분위기가 생각나는데 그때는 그런 것도 잘 몰랐다. 슬프거나 우울해할 틈도 없을 만큼 나는 절실했다. 그림을 그리는 일이 간절했다.

책이 나오기까지 극심하게 돈에 쪼들렸는데 책을 작업하는 동안은 달리 돈을 벌 방법도 없었다. 그나마 있던 돈은 뉴욕에서 다시 서울로 오면서 집을 구하고 생활비로 지출하느라 금세 바닥이 났고 통장에 있는 몇 십만 원을 가지고 살아가야 하는 나는 매일매일이 불안했다. 어딜 가든, 무얼 하든 돈에 대한 초조함이 나를 따라다녔다.

그런 상황에서도 책은 계속 작업해야했고 그러려면 우울해져서는 안 됐다. 안 되니까 나는 어떻게든 밝게 지내려고 애를 썼다. 무력감이 오려는 순간에는 책을 읽고 컴퓨터로 강의를 듣고 다른 사람들의 성공담을 보고 들으며 힘을 냈다. 나는 내 얘기를 남에게 잘 하지 않는 성격이고 특히 힘들고 괴로운 일에 대해서는 더욱 그렇기 때문에 당시 상황에 대해서는 누구도 잘 알지 못했다.

혼자 버티는 데에는 책만큼 좋은 약이 없었다. 지금은 자기계발서 같은 종류의 책을 읽지 않지만 그때는 내게 무척 도움이 많이 됐다. 침대 머리맡에 책을 두고 자고 일어날 때, 틈날 때마다 수시로 읽었다.

책은 내게 할 수 있다는 용기를 줬다. 읽을 때마다 해야 한다는 의지를 지속적으로 상기해줬다. 계획서를 짜는 습관이나 지금 내가 가지고 있는 긍정적인 습관들도 그때 대부분 생겨났다.

뭔가를 잘 믿는 성격도 크게 한 몫 했던 것 같다. 책에서 말하는 것들을 나는 다 믿었고 그래서 책에서 말하는 것들을 잘 따랐고 그 시기를 무사히 견뎌낼 수 있었다. 자기계발서의 특징 중 하나는 과하다 싶을 정도로 자신감 있는 저자의 문체인데 자신이 시키는 대로만 하면 모든 것이 다 이루어 질 것이라는 마법 같은 약속을 한다.

그러나 그것은 마법 같은 것은 아니고 실제로 그 책에 몰입해서 저자가 주는 지시를 제대로 따른다면 분명히 성과가 있다. 아니 그런 흉내만 조금 낸다 해도 일정 부분의 성과가 있을 것이다. 무언가를 이루는데 가장 중요한 것은 할 수 있다는 의지인데 대부분은 그것을 지속하지 못하기 때문에 실패하기 때문이다.

힘든 시간이었기 때문에 무엇이든 믿고 싶었고 어떻게든 믿어야 했는지도 모른다. 가끔 그때 생각이나 다시 책들을 읽어볼 때가 있다. 먼지 쌓인 책들을 꺼내어 다시 읽어 보면 조금 감동적이기도 하고 그때의 내가 안쓰럽기도 하다. 그 책들을 버리지 못하고 꾸역꾸역 보관하는 이유는 그 시절을 생각하기 위해서다.

내가 어떤 시절을 건너왔고 어떻게 노력했고 어떤 슬픔과 외로움을 겪었는지 기억하기 위해서. 그걸 기억하면 나는 계속해서 이 일을 해야 하는 의미와 소중함을 되새길 수 있다. 때때로 찾아오는 귀찮음과 자만한 생각으로부터 나를 지켜주는 물건들이다. 얼마나 간절했고 얼마나 원했는지를 상기할 수 있다.

그 책이 필요한 사람이 있다면 나는 기꺼이 그것들을 선물할 것이다. 이미 그 책들을 선물하거나 새

것을 사서 누군가에게 선물한 적이 있다. 그들이 언젠가 그 책이 필요 없게 되면 그들은 또다시 필요한 누군가에게 그 책들을 건넬 것이다. 그렇게 주변인들과 함께 성장해 나가고 싶다.

"내가 누구든, 어디에 있든"을 출간했을 때도 그런 마음이 컸다. 누군가에게 도움이 되고 싶었고 어디엔가 나와 비슷한 고민으로 괴로워하는 이들이 있을지도 모르겠다는 마음이 들어서. 이 책을 내고 가장 보람이 있었던 순간은 독자들이 책을 읽고 용기를 얻었다거나 새로운 무언가를 시도하게 되었다는 메시지를 보내주었을 때이다.

책을 낸 뒤에 뉴욕에 잠깐 다시 들어간 적이 있었는데 그때 실제로 뉴욕에서 독자들을 세 명 만나기도 했다. 한 분은 뉴욕에 거주하면서 책을 읽으셨고, 두 분은 내 책을 읽고 뉴욕에 오셨다고 했다.

특히 그중 한 분은 책에 쓰여 있는 대로 나의 뉴욕 생활을 거의 그대로 뒤쫓고 계신 분이어서 무척 놀랐던 기억이 있다. 나도 누군가의 영감이 되어 이토록 큰 용기와 힘이 되어줄 수 있구나, 하는 생각에 울컥했다. 그런 독자들을 점점 알게 될수록 더 나은 사람이 되고 싶다는 열망도 커졌다. 내가 그림을 그리고 글을 쓰는 이유는 내가 좋아하는 일이어서기도

하지만 나를 계속 되돌아보고 발전할 수 있기 때문인 듯도 했다. 그러니 내게 고맙다고 말하는 독자들에게 나는 오히려 고맙다. 그들을 통해 배우고 노력하고 나아갈 수 있어서.

죽을 때까지 이 일을 하고 싶다는 생각을 자주 한다. 내게 '죽을 때까지 하고 싶다' 는 표현은 매우 드문 것이다. 뭐든 쉽게 질리고 지루해하는 나에게는 거의 없는 문장이다. 태어나서 처음 써 본 말인 것 같기도 하다. 그렇지만 앞으로도 계속 그런 얘기를 할 수 있었으면 좋겠다.

예술가로 산다는 것

단순히 프리랜서라는 이유로 나는 종종 부럽다는 말을 듣는다. 그러나 사람들이 생각하는 것처럼 프리랜서라는 어감이 주는 자유로움보다 우리는 불안감을 훨씬 더 많이 느끼며 살아간다. 사정이야 개개인마다 다르겠지만 이 '불안' 이라는 것은 프리랜서들에게는 늘상 따라다니는 숙명적인 조건일 수밖에는 없다. 누구나 불안감은 있지만 프리랜서들이 안고 있는 불안감은 조금 성격이 다르다.

우리가 느끼는 불안감의 원천은 아주 기초적인 '먹고 사는 문제' 에 기반하고 있는데 첫 번째로 안정적이지 않은 수입에서 오는 두려움이 있을 수 있겠고, 만약 현재 그것이 해결 된 상황이라면 다시 미래에는 어쩌면 안정적이지 않을 수 있다는 두려움이 생기게 되어 결국 이 순환이 계속해서 우리를 불안하게 만든다. 일단 먹고 사는 게 해결되어야 그 이상의 것들을 꿈꿀 수 있다고 하지만 꿈꾸기 위해 먹고 사는 것을 포기하는 정반대의 논리를 가지고 살아가는 사람들에게는 그만큼 막중한 책임도 뒤따르게 된다.

시작이 이렇다보니 프리랜서에게 가장 큰 미덕은 '절제'다. 아무리 자신의 꿈이 가장 우선순위라 할지라도 우리가 살고 있는 현실 세계를 무시할 수는 없으니, 내가 꿈꾸는 삶을 계속해서 유지할 수 있느냐 없느냐는 결국 얼마나 절제를 잘 하는지에 달려있다고 생각한다.

우선, 수입이 없을 것을 대비해 현재의 수입을 분배해서 쓰는 능력이 필요하다. 당장 충분한 수입이 있는 것 같아도 계속해서 그런 수입이 들어오리라는 보장이 없기 때문에 지출의 계획성을 가지고 있는 것이 좋다. 내 경우엔 사치를 하거나 더구나 쇼핑도 거의 하지 않는데, 물론 내 관심사가 아니어서도 그렇겠지만 이것이 정신적으로나 물질적으로나 현재의 삶에 꽤 많은 도움을 주고 있다고 생각한다.

미래의 안락함을 위해 현재를 희생하자는 의도는 아니고 오히려 그런 계획성은 현재의 불안함을 떨쳐내는데 도움을 주기 때문에 결국은 현재의 평온함을 위해 미래를 생각하는 셈이다.

또 친구들을 자주 만나지 못하는데, 친구뿐만 아니라 그 누구도 거의 만나지 않거나 그렇다고 어딜 놀러 다니거나 하는 것도 아닌데 그럼 대체 뭘 하느냐, 하고 묻는다면 '일'을 한다고 대답할 뿐이다. 프리랜서는 시간이 많을 것 같지만 의외로 직장인들보다 일하는 시간이 많거나 시간이 부족하다고 느끼는 경우가 많다. 그건 그만큼 일하는 시간과 쉬는 시간이 분리되어 있지 않기 때문이고 일상생활과 일의 경계가 없기 때문이다.

나는 특별한 일이 있을 때를 제외하면 늘 작업을 하고 있기 때문에 잠자고 먹는 시간 이외에는 다 일을 하는 시간에 속하게 된다. 이건 나뿐만 아니라 대부분의 예술가들이 그럴 것이라 생각한다. 또 급하게 해야 하는 일이 생길 경우에는 밤샘을 해야 할 때가 있는데 그럴 땐 일주일이고 한 달이고 작업만 하느라 모든 약속은 취소하고 꼼짝없이 작업실에 갇혀 있어야만 한다. 놀고 싶고 먹고 싶고 자고 싶은 모든 욕구들을 절제하지 않으면 마지막까지 작업은 유지될 수가 없다.

일주일에 한두 번은 친구들을 만나야 하고 한 달에 한 번씩은 사치품을 사야하고 적어도 몇 개월마다 여행을 가야하는 사람이 있다면 그는 절대 이 일을 할 수 없을 것이다. 남들이 하는 거 먹는 거 입는 것들이 다 탐나고 꼭 해야 한다면 굳이 이런 생활을 택할 이유가 없다. 어딘가에서 안정적으로 수입을 받으며 산다면 자신이 원하는 사치들을 충분히 누릴 수 있으니. 자신에게 맞지 않는 생활을 택하여 마지막에 얻는 것은 자괴감, 열등감, 좌절, 허무밖에는 없을 것이다.

그래서 나는 프리랜서, 예술가의 삶을 살아가는 사람들은 기질에 따라 어느 정도 이미 정해져 있다고 생각한다. 앞에서 내가 나열한 직업적인 고충들을 당연하게 여기거나 심지어 아무렇지도 않게 느끼는 사람들만이 이 일을 지속적으로 발전시켜 나갈 테니 말이다.

예술가로 살아간다는 것이 절대로 자유롭고 멋진 것만은 아니라는 점을 일단 얘기하고 싶었다. 예술가를 꿈꾸는 누군가를 위해 '아티스트'라는 반지르르한 그 단어에 속지 않았으면 하는 마음에서다. 그 안에 담긴 결코 만만찮은 이런 현실적인 문제들을 알고 나서, 그래도 이 일을 원한다면 그 땐 훨씬 수월하게 길을 걸어 나갈 수 있을 것이다.

예술가로 살아간다는 것은 늘 불안을 동반하는 일

이다. 내가 잘 가고 있는 것인지, 잘 하고 있는지, 모호함과 불확신을 이겨내고 스스로를 다독이며 가야 한다. 매순간이 시험이자 의심인데 스스로를 의심하기 시작하면 끝도 없는 절망과 무기력에 갇히게 될 수도 있다.

고독을 두려워하기보다 고독과 친구가 되어야 하고 자신에 대한 무한한 신뢰가 있어야 한다. 무엇보다 자신을 사랑해야 한다. 그러려면 누구보다 스스로에 대해 잘 알아야 하기 때문에 때로는 자신에게 엄격하고 혹독해져야 하고, 때로는 자신을 용서하고 화해하면서 스스로와 친해져야 한다. 그런 의미에서 예술을 한다는 것은 자기 자신을 수련하는 일과 같다고 생각한다. 끊임없이 스스로에게 질문하고 대화하고 자신에 대해 배워나가는 것.

삶의 여러 어려움 속에도 내가 좋아하는 일을 하며 살아간다는 것은 분명 내가 경험해 본 즐거움 중 최고다. 스스로가 선택했다는 것, 부모나, 돈, 성별, 사회적 지위나 압박에 의해서가 아닌 내가 자율적으로 선택한 삶이라는 것에 대해 보람을 느낀다.

내가 내 인생을 온전히 통제하고 있다는 느낌, 내가 나의 주인이라는 이 느낌이 나에게 뭔가 새로운 것들을 계속 시도하게 하는 원동력이 되어 준다. 그런 삶 자체가 나는 성공과 실패 여부와 상관없이 보답이라 믿고 있다. 물론 그 때문에 결과에 대한 모든 책임을 내가 전적으로 떠안아야 한다는 훨씬 더 무거운 중압감을 느끼지만 그 또한 내가 짊어지고 가야 할 사명이 아닐까.

매일 나는 스스로에게 묻는다. 나는 왜 이 일을 선택했고 왜 이 길을 가고 있는지. 인생은 무엇이고 나는 왜 살고 있는지. 또 인생은 내게 어떤 의미인지. 답은 여전히 알 수 없지만 중요한 건 내가 이 질문들을 품고 살아간다는 것이다. 이에 대한 답을 찾기 위해 나는 살아가고 있다고 믿는다. 그 답을 영원히 알 수 없을지라도 그런 시도를 하며 살아가고 있는 순간이 내게는 소중하다.

SNS를 하세요?

엉뚱하지만 나는 예전에 SNS를 아예 안 하거나 할 줄 모르는 조금은 어설픈 사람을 만나고 싶다고 생각한 적이 있다. 정작 나는 SNS를 잘 하면서 그런 사람을 바랐다는 것은 참 이상한 논리였지만. SNS는 시각적인 매체다보니 아무래도 보이는 모습에 신경을 쓸 수 밖에 없다.

내가 어떤 사람으로 보여 지는지, 어떻게 보여 지는지 한 번쯤은 생각을 하게 되고. 가장 예쁜 모습이든, 가장 멋진 모습이든, 내가 이룬 성과이든, 하고 싶은 말이든, 어찌됐든 모두 내가 보여주고 싶은 모습만을 보여준다는 점은 같을 거라고 생각한다. 그러니까 '실제의 나' 와 'SNS 속의 나' 는 필연적으로 괴리가 생길 수밖에 없고 그러다보면 스스로가 느끼는 어쩔 수 없는 거리감이랄까, 하는 것들이 생겨나기도 한다.

예컨대 나는 SNS에 내가 개인적으로 당한 불합리한 일이라든지 불평, 불만 같은 것들은 이야기하지 않는다. 그 대신에 내 일, 여행과 일상의 기록들을 올려두곤 한다. 어떤 사람에게는 내 경우의 반대가 될 수도 있겠다.

그런데 내가 가만히 내 SNS를 들여다보면 이게 절대 나라는 사람을 알 수 있을 만한 척도가 될 수는 없을 것 같았다. 나도 똑같은 하나의 인간인데 당연히 슬프고, 아프고 괴롭지 않을까? 내가 매일 여행을 다니고 매일 좋은 생각만 할 수는 없지 않을까? 어느 날 뚝딱 책이 나오고 그림이 나올 수는 없는 노릇인데. 그런데 그 한 장의 이미지에 그런 모든 과정들이 생략되어 있으니 SNS를 통해서는 그 누구도 나라는 사람을 제대로 알 수 없겠다는 생각이 들었다.

그건 나뿐만 아니라 모두에게 해당되는 이야기다. 그러니 만약 누군가의 이미지만을 보고 호감이든, 부러움이든, 뭐가 됐든 어떤 관심을 느꼈다면 그건 그 사람이 아닌, 그 사람이 만들어 놓은 가상의 인물에 매료된 것일 가능성이 크다. 그래서 나는 SNS 인격과 현실 인격이 조금은 분리되어 있다고도 느낀다.

여기 ‘진짜인 나’ 가 있고 SNS 속 ‘가상의 나’ 가 있다. 진짜 나는 원본이고 가상의 나는 모방품이라고 할 수 있다. 그런데 지금 시대에는 원본보다 모사물이 하는 일이 더 많다. 현실보다 가상에서 사람들을 더 자주 만나기 때문에 그야말로 모사물이 원본을 대체하게 된 셈이다. 그렇다보니 원본보다 모사물에 더 많은 공을 들이게 될 수 있다.

이 이야기를 하다보니 ‘시뮬라크르’ 라는 단어가 떠오른다 프랑스 철학가 장 보드리야르(Jean Baudri-llard)가 만든 철학 용어인데, ‘원본을 대체하는 모방품’ 이라는 의미를 지니고 있다. 그는 현대 사회가 현실의 모사물들, 즉 시뮬라크르들이 실재를 지배하고 대체하고 있다는 이야기를 했다. 그런 의미에서 나는 ‘SNS’ 도 하나의 시뮬라크르라고 생각한다. 어쨌든 이렇게 가짜가 진짜보다 중요해진 세상에서 나는 은근히 가짜보다는 진짜의 삶에 더욱 충실한 사람을 만나기를 바랐나 보다.

몇 년 전 이런저런 이유로 한동안 SNS를 중단한 적이 있었다. 그런데 막상 그렇게 되자 또 어쩔 수 없이 사람들과 소통을 하고 교류를 하려면 SNS가 필요하다는 사실을 절실히 느끼게 됐다. 가짜가 진짜를 대체하게 되는 것이 어떤 면에서는 나를 불편하게 만든 것도 사실이지만 그렇다고 그것이 좋다, 나쁘다, 라고는 판단할 수는 없었다. 어쩌면 그것이 세상이 변화해 나가는데 꼭 필요한 과정일 지도 모른다. 점점 더 간단해지고 간편해지는 세상에서 실재가 기호나 상징으로 대체되는 것은 어쩌면 자연스러운 흐름일지도.

중요한 것은 제대로 알고 잘 사용해서 SNS의 순기능을 누리는 것이라고 생각한다. 나와 상대방의 소식을 간편하게 주고받고 불특정 다수에게 어떤 것을 소개하고 알리는 일에는 SNS만큼 효과적인 방법도 없으니까. SNS를 이용하되 SNS에게 잠식당하지는 않는 것이 내가 생각하는 SNS의 건전한 사용 방법이다.

한번은 뉴스에서 SNS가 사람을 우울하게 만든다는 기사를 보았다. 너무 당연하게도 남이 가진 것을 나는 가지지 못했고, 남이 하는 것을 나는 못했기 때문에 우울감이 생길 수밖에. 인간의 욕망은 끝이 없는 것이 아닌가? 자신이 갖지 못한 욕망을 이미 갖고 있는 사람은 어디에나 존재하고 있으니 자칫하다가는 채워도 채워지지 않는 영원한 갈증에 고통 받을 수도 있다. 비교는 끝이 없고 만족할 줄 모르는 사람은 절대 행복하지 못할 테니까. 스스로 행복하기 위해서는 여러 가지 노력들이 필요하겠지만 그 중에서도 있는 그대로의 나를 받아들이는 것이 가장 중요하다고 생각한다. 그게 어려워진 요즘 세상에서는 더더욱.

언젠가 SNS에서 어떤 멋진 사람을 발견하고 감탄을 한 적이 있다. (사실 이런 감탄은 심심치 않게 한다) 그 때 함께 있던 친구에게 그 '멋진 사람'을 보여주자 그 친구는 내게 물었다.

"그래서 이 사람이 부러워?"

친구의 말을 듣고 생각해봤는데 그가 부럽다는 생각은 전혀 들지 않았다. 그래서 그건 아니라고 대답을 했다.

"나는 그냥 지금의 나대로가 좋아. 그 사람처럼 되고 싶다는 생각은 안 들어. 생각해보니까 난 나도 멋있는 거 같아. 이 사람도 멋있는데 나도 나대로 멋있어."

내가 대답 하자 그 친구는 내게 대뜸 축하해, 라고 말을 건넸다. 뭐가 축하한다는 거냐 물으니 친구는 네가 네 자신을 진짜 사랑하게 된 걸 축하한다고 말했다. 스스로가 자기 자신을 만족해하고 멋있다고 생각하는 사람은 의외로 없다면서 말이다. 그리고 우선 본인을 인정해야 남도 인정할 수 있게 되는 거라고 덧붙였다. 그러고 보니 그건 정말 축하받을 만한 일이었다.

예전 같으면 멋진 누군가를 볼 때 가슴 안에서 초조한 뭔가가 훅하고 올라오는 느낌을 종종 받았었는데. 바로 질투였을 것이다. 그것이 때론 열등감으로 번지기도 하고 말이다. 누군가를 질투하는 마음은 참 괴롭다. 거기서 생겨나는 열등감은 한순간에 스스로를 깊은 나락으로 떨어뜨리기도 하니까.

자신에게 만족한다는 느낌은 나르시시즘이나 우월감과는 성질이 전혀 다른 것이다. 내가 잘나서 좋고 멋있는 게 아니라, 자신이 부족하다는 것을 알고 인정한다는 데서 만족감이 생기기 시작하니 그 출발선부터가 다른 것이다.

자신의 약점을 안다는 것은 얼마나 멋있는 일인가? 감추거나 덮어두지 않고 그것을 직접 대면하는 일은 어느 정도 용기가 필요한 법이다. 그래서 나는 더욱더 내가 무엇이 부족한지, 어떤 약점이 있고, 단점이 있는지 알아보고 싶은 생각이 든다. 순전히 나의 행복을 위해서. 희한하게도 나의 못난 모습을 제대로 보게 될 때, 나를 더 아끼고 응원하고 사랑하고 싶은 마음이 생기게 된다.

언젠가 누군가 화려한 무언가 앞에서도 위축되지 않고 당당히 자신을 아끼는 모습을 보게 된다면 나도 그때 기쁘게 그에게 축하한다는 말을 꼭 전해주고 싶다.

믿음의 문제

우리 집 근처에 마당에서 매일 쓰레기를 태우는 이웃이 있다. 그 집에서 한번 쓰레기를 태우기 시작하면 사방에 금세 연기가 퍼진다. 열려진 창문을 통해 즉각적으로 들어온 연기는 이중으로 창문을 닫아도 어느새 내 방으로 스며들어온다. 이웃의 이기적인 행동으로 피해를 보는 것은 언제나 내 쪽이기에 참다 참다 언젠가는 환경과에 전화를 걸어 신고를 한 적이 있었다. 그게 바로 작년 여름쯤이었다. 직원이 곧 출동했는데 불행히도 마침 소나기가 내리는 바람에 불은 완전히 꺼져버렸고 직원들은 현장을 잡지 못하고 다시 근무지로 돌아갈 수 밖에 없었다.

그 뒤로도 그 집에서는 줄곧 쓰레기를 태웠는데 낮에는 내가 집에 있는 날이 거의 없어 알 수 없었고, 밤에 쓰레기를 태울 때는 신고할 수가 없어 답답한 마음뿐이었다. 그러다가 바로 어제였다. 저녁을 먹고 집에 돌아가는 길에 난데없는 뿌연 연기와 매연 때문에 켁켁 거리며 근원지를 살펴보니 아니나 다를까 또 그 집이었다. 이런 연기를 매일 마시면서 참고 있는 이웃들이 신기할 정도였다.

특히나 그 집의 바로 옆집 사람들은 어떻게 저걸 매일같이 견딜 수 있는지 놀라웠다. 나는 다시 환경과에 전화를 걸어 신고를 했지만 이미 직원들이 퇴근한 후라 출동이 어려울 것 같다는 답변만이 돌아왔다. 내일 다시 연락을 주겠다고 하여 나는 다시 전화가 오면 그간의 사정을 얘기하고 현장을 잡지 못하더라도 그 집에 경고 조치만이라도 취해주십사 부탁을 할 예정이었다.

그런데 생각해보니 경고를 할 것이라면 굳이 직원에게 부탁을 할 필요가 없을 것 같았다. 내가 해도 되지 않을까? 나는 부랴부랴 멀끔한 옷으로 갈아입고 그 집으로 걸어 들어가 외쳤다.

계세요?

몇 번이나 계속되는 물음에도 답이 없어 열려 있는 대문을 지나 현관문 앞에 섰다. 마당에는 뭔가가 크게 타오르고 있었고 연기가 너무 심해 코를 막지 않고는 도저히 숨을 쉴 수 없는 지경이었다.

계세요?

현관문을 두드리며 다시 부르자 네~ 하는 소리가 들렸다. 50대로 보이는 한 아주머니가 무슨 일이냐고 문을 열고 내게 물었다.

안녕하세요, 저 환경과에서 나왔는데요. 지금 저거 뭘 태우시는 것 같은데 쓰레기를 함부로 태우시면 벌금을 내야 돼요. 지금 주민 신고 받고 출동한 거거든요.

그러자 아주머니가 화들짝 놀라며 네? 벌금이요? 왜요? 하고 반문했다.

쓰레기를 태우면 법에 위반되니까 내셔야 돼요.

엥? 그게 무슨 소리야? 법이 언제 바뀌었대? 나는 맨날 태우는데?

아줌마는 당당하게 그게 무슨 문제냐는 듯이 말했다.

아주머니, 법이 바뀐 지 한참 됐고요. 그렇게 맨날 태우셨으면 벌금을 맨날 내셨어야 하는데…….

아이고, 내가 그런 걸 몰랐네. 근데 이거 그냥 신문진데? 신문지도 안 돼?

신문지고 뭐고 일단 태우면 법을 어기는 거예요. 이거 연기 다 퍼지면 애먼 사람들이 다 맡을 거고 또

공기 오염은 어떻고요. 이거 정말 심각한 문제예요. 요즘 공기 오염 심각한 거 아시죠? 이렇게 태우다간 벌금 500만원 나와요.

나는 머릿속에 떠오르는 숫자를 아무렇게나 말해버렸다.

알았어요. 다음부턴 안 태울게. 내가 몰라서 그랬어요. 근데 신고한 사람이 누구야?

아주머니에게 신고한 사람은 나도 알 수 없다고 전한 뒤 처음이니까 봐드린다고, 다음부터는 벌금을 내셔야 한다고 강력히 말을 했다. 아주머니에게 다음부턴 절대 안 태우겠다는 약속을 받고 그곳을 빠져나왔다.

집에 돌아오며 나는 이제부터 그 아주머니가 정말 쓰레기를 태우지 않을 거라고 생각했다. 왜냐하면 그녀는 내가 공무원임을 믿었고, 다음부터는 쓰레기를 태우려고 할 때 이웃 주민들의 시선을 신경 쓸 거고, 벌금을 내게 되리란 걸 알게 됐으니까.

그렇다. 모든 것이 믿음의 문제다. 나도 처음엔 그저 공무원 흉내만 내면서 아주머니에게 경각심을 주려고 했던 것인데 막상 아주머니와 이야기를 시작하자 내가 정말 환경과의 직원이 된 것처럼 얘기가 술술 나왔다. 이것 역시 믿음의 문제겠지. 내가 직원이라고 스스로 믿었으니 얘기를 잘 할 수 있었고 그것이 아주머니에게 먹혔고 최종적으로 아주머니가 믿을 수 있었을 것이다.

우습게도 나는 그 순간 사기꾼의 마음을 떠올렸다. 사기꾼이 사기를 잘 치는 이유는 거짓말을 잘해서가 아니라 잘 믿어서인 거라고. 역시 믿음의 문제다. 스스로 자신의 시나리오를 믿는 만큼 사기를 완벽하게 잘 칠 수 있을 것이다. 믿지 못하는 사기는 미수로 그칠 확률이 높다. 스스로 믿지 못하면 상대방도 그런 기운을 감지하게 되어있을 테니.

어쨌든 나는 어제의 사기(?)를 통해 마음만 먹으면 언제든 사기꾼이 될 수 있다는 가능성을 확인했다. 하긴 세상을 살면서 자신도 모르게 어느 정도는 다들 사기를 치고 있는 게 아닌가 하는 생각도 든다. 내가 원하는 삶, 내가 바라는 사람, 자신의 이상향이 되기 위해 스스로를 그렇게 포장하려고 할 테니. 그건 일정 부분 옳은 것이기도 하다. 자신이 원하는 것들을 흉내 내고 집중하다 보면 실제로 어느새 그것이 내 삶이 되어 있는 경우도 있기 때문이다.

이 사기의 기술을 긍정적으로 이용한다면 훨씬 빠

르게 자신이 원하는 것들을 이룰 수 있을 것이다. 그러나 부정적으로 이용한다면 그건 그냥 사기꾼에 불과한 것이다.

어떤 것을 따를지는 모두 나의 선택이다. 무엇이 옳고 그른가 하는 문제도 나의 선택이다. 결국 선택도 나의 믿음에서 나온다. 무엇을 믿으면 그게 곧 나의 선택이 되고 인생이 된다. 그러니 결국 내가 믿는 만큼 살아가고 보게 되는 거겠지.

역시 모든 건, 믿음의 문제다.

믿음, 믿음, 믿음…… 그 놈의 믿음이 문제다.

너를 보고 있자면
나는 어떤 것도 포기할 수 있겠다

너를 보고 있자면 나는
어떤 것도 포기할 수 있겠다 싶었다.
나는 사랑이 가장 중요한 사람이야.
너는 그렇게 말하는 날 조금은 멀리했었다.
그러나 나는 알고 있었다.
그것이 네 안의 어떤 진실을 건드려
너를 두렵게 했었다는 걸.

나 역시 종종 생각한다.
사랑이 삶의 전부가 되어서는 안 된다는 걸.

그래도 여전히 사랑은 내 삶의 전부이다.
너를 사랑하는 일은 내게 그렇게 거대하다.
거대하게, 일생을 다해서 너를 사랑해야
나는 겨우 삶을 살아가는 것이다.

먼저 사과하는 사람

애인과 나는 통화를 하고 있었다. 시시콜콜한 이야기들을 늘어놓다가 나도 모르게 그가 싫어하는 말투가 툭 튀어나왔다. 그는 그런 말투를 고쳐달라고 그간 줄기차게 요청해왔는데 내 30년간의 버릇이 어디 가랴. 상대방이 좋아하지 않는 것이니까 나도 바꾸려고 노력은 했지만 문득 문득 예상치 못한 순간에 원래의 내가 비집고 나올 때가 있는 것이다.

그는 그 순간에 내 말투를 지적했고 나는 조금 기분이 상했다. 냉담한 반응과 표현들이 오고갔다. 나는 나대로 노력하고 있는데 그걸 전혀 몰라주는 것 같아 서운했고 그는 그대로 자신을 무시하고 있다는 생각에 서운해 했다.

얼마간 정적이 흘렀고 나는 전화를 그대로 끊어버렸다. 마음이 조금 누그러진 뒤 다시 생각해보니 그의 마음이 이해가 됐고 하여 나는 미안하다는 말을 하려고 다시 전화를 걸었다. 아직 그가 화가 나있으면 어쩌지? 그래도 미안하다고 말하면 금방 풀릴 거야.

뚜르르르… 뚜르르르…

"미안해"

뜻밖에도 미안하다는 말을 꺼낸 건 내가 아니었다. 전화를 받자마자 그는 내게 미안해, 라고 먼저 말한 뒤 내가 그렇게 예민하게 반응할 게 아니었는데… 라고 말하며 내게 사과했다. 그 순간 나는 밑바닥에 숨어있던 그에 대한 일말의 불신마저 분해되어 사라짐을 느꼈다.

별 것도 아닌 걸로 마음 상하고 또 별 것도 아닌 걸로 풀어지는 게 연애인걸까. 그는 왜 나를 이해해주지 못할까? 라고 생각하지만 상대방 역시 똑같이 내게 이해를 바라고 있다는 건 왜 이렇게 좀처럼 떠오르지 않는 건지.

한 발짝 물러서서 생각해보면 이해 못할 일도 용서받지 못할 일도 없을 텐데. 그런 점에서 연애는 인생과 닮아 있다. 단지 규모가 작아진, 두 사람으로 축소된 세계에서 벌어지는 인생의 이야기일 뿐. 단순히 남자와 여자가 아닌 인간 대 인간으로서 서로를 바라볼 수 있다면 연애에서 발생되는 대부분의 문제는 자연스럽게 해결될지도 모른다.

남자는 이래야 해, 여자는 이래야 해, 너는 내 애인이니까, 나를 사랑한다면 이렇게 해 줘, 너를 사랑해서 그러는 거야!

그러나 우리는 연인 이전에 한 인간이다. 인간이니까 실수를 하고 잘못을 하는 거겠지. 중요한 것은 잘못이나 실수가 아닌 그 다음의 태도일 것이다. 어떻게 대처를 하는지, 서로가 어떻게 풀어나가는지가 내겐 더욱 중요하게 느껴진다.

그래서 난 항상 먼저 사과하는 사람이 이기는 거라고 생각한다. 감정이 상해있을 때 미안하다는 말을 하는 게 얼마나 어려운 일인지 알고 있기 때문에. 얼마나 그 사람을 배려하는 것인지, 아끼는 것인지 알고 있기 때문에.

"미안해"

이 한 마디를 뱉을 수 있다면 관계는 훨씬 더 오래 존속된다.

나는 하나의 연애를 시작할 때마다 항상 배운다. 인생에 대해 사람에 대해. 그리고 그것이 끝날 때,

전보다 내가 성숙한 사람이 되어 있다면 그건 분명 좋은 연애일 것이다.

계속해서 할 일을
미뤄두고 싶었다

그와 함께 있을 땐 본분을 까먹게 된다.

까먹고 싶었다.

난 할 일을 미루는 편이 아닌데

자꾸만 계속해서 할 일을 미뤄두고 싶었다.

가끔은 이것이 도피인지 사랑인지 헷갈렸다.

연애를 할수록 좋은 사람이 된다

누군가에게 고백을 받았다는 친구들에게 나는 매번 한번 만나보라며 부추긴다.

"네가 영 싫지 않다면 한번 만나봐. 만나보고 아니면 말지 뭐."

말은 그렇게 하지만 사람이 사람을 만난다는 것이, 그것도 특별한 관계가 형성된다는 것이 그리 쉽지 않은 일임을 나도 잘 알고 있다. 그러나 그럼에도 불구하고 나는 연애를 하는 편이 안 하는 것보다는 훨씬 낫다고 생각한다. 연애를 하며 생기는 크고 작은 문제들, 여러 가지 스트레스, 그리고 이별 후의 상처와 아픔까지. 연애를 하며 얻게 되는 고통들은 다 나열할 수 없지만 나는 많은 사랑을 경험해보고 많은 아픔을 겪어본 사람만이 더 나은 연애를 할 수 있게 된다고 믿고 있다.

가끔 생각한다. 내가 사랑하는 사람이 이전에 어

떤 사랑을 하고 어떤 연애를 했든 그의 과거의 연인들에게 참 고맙다고. 지금 그를 이렇게 내 옆으로 오게 만든 그 인연의 고리들이 감사하다고. 사랑에 실패했다고 해서, 상처받았다고 해서 그것이 우리에게 부정적인 영향만을 주는 것은 아니니까.

사랑에 상처 받고 다시는 사랑을 믿지 못하게 된 사람을 알고 있다. 처음 그와 연애를 시작할 때 선뜻 다가오지 못하는 그에게 나는 한 가지를 맹세했다.

"이거 하나 만은 약속할게. 우리가 미래에 어떻게 되든 나는 네게 좋은 연애의 기억을 남겨주겠다고. 다음 사랑에선 네가 두려워하지 않고 더 많은 사랑을 줄 수 있도록 해줄게. 나를 한 번만 믿어줘."

불확실한 사랑의 관계 속에서 이런 확신은 명백한 오만이었을지도 모른다. 그러나 누군가에겐 이런 믿음이 간절히 필요했을지도. 그리고 그 순간에 나는 정말 확신했다. 사랑에 대한 믿음을. 그 관계에 충실했다면, 정말 최선을 다해 사랑했다면 결과가 어떻든 좋게 남겨질 거란 믿음 말이다.

내 절친한 친구는 그런 내게 연애에 대해 무조건적으로 밝은 면만 보려는 경향이 있다며 걱정 어린 말을 내뱉었다. 친구의 걱정을 나는 이해한다. 연애가 어찌 늘 즐겁고 행복하기만 할까? 분명 아프고 힘든 시간들도 있을 텐데 내가 연애에 대해 이야기할 때면 이렇게 낙천적으로만 이야기하니 얼마나 답답했을까?

그러나 내가 연애의 모든 면을 낙천적으로 받아들이는 건 아니다. 하나의 연애가 끝나고 그것을 다시 돌이켜볼 때, 우리의 좋았던 시간과 나빴던 시간들을 순차적으로 회상해본다. 그런데 나빴던 시간보다는 좋았던 시간이 언제나 우세했다. 그게 얼마나 안 좋았든지 간에 좋았던 기억을 떠올리면 나빴던 기억은 아무것도 아닌 게 되어버린다. 그러니까 좋았던 것과 나빴던 것이 하나씩 점차적으로 상쇄되고 나면 결국 좋았던 기억이 맨 마지막에 남는다.

그래서 결론은 '그래도 좋은 연애였다.' 가 되는 것이다. 물론 내가 기쁘고 행복한 것에 더 후한 사람일 수도 있겠지만 뭐 어쩔 수 없다. 그게 나라는 사람인 걸.

내 첫 연애를 떠올려 본다. 그리고 그 속에 얼마나 이기적인 내가 있었는지를 본다. 그는 왜 나를 위해 이것도 못해주는지, 왜 내 감정을 알아주지 않는지, 왜 내가 원하는 만큼의 사랑을 주지 않는지. 그런 나의 이기심으로 점철된 연애가 끝난 뒤, 내가 얼마나 자책하고 후회를 했는지 모른다. 어디 첫 연애뿐인가? 그 뒤로도, 아니 어쩌면 나는 지금까지 상대방에게 그리 너그러운 사람이 아닌지도 모른다. 그러나 과거의 연애를 통해서 내 실수와 잘못을 되짚어보면 최소한 같은 실수는 반복하지 않을 수 있으니 그것이 그리 나쁜 일만은 아니라고 생각한다.

후회하는 마음은 반성이 되어 더 나은 연애를 하도록, 그리고 더 나은 사람이 되도록 나를 자극하니 이것 또한 좋은 일이다. 나쁜 연애를 했다고 해서 그런 연애가 계속해서 이어지리라는 법은 없지 않은가?

나쁜 연애만은 했다는 그도 언젠가 좋은 연애를 통해 사랑에 대한 시각이 바뀔지도 모른다. 그것이 나로 인한 변화라면 더할 나위 없겠다. 그는 바로 지금 내 옆에 있는 사람이니까. 기억과 행적은 내가 되고 그것으로 미래를 예측하게 되는 것이 사람이겠지만 반대로 생각해 보면 오히려 좋은 연애보다는 나쁜 연애를 통해서 배우게 되는 것이 더 많을지도 모른다.

언젠가 그는 말했다. 내가 그의 일을 마치 자신의 일처럼 생각해주어 고맙다고. 자기는 그러지 못한다는 말을 덧붙이면서. 그러나 나는 그것이 그와 내가 다르다는 것을 증명해 주는 어떤 잣대도 되지 못한다는 것을 알고 있다. 나 역시 언젠가 그와 같은 입장에 놓여본 적이 있고, 그 시절의 어떤 누군가로 인해 나는 변화했으니까. 나도 그처럼 상대방에게 똑같은 고마움을 느꼈고 그런 그의 방식이 어떤 경우에든 더 좋은 결과를 가져다준다는 것을 알게 되었기 때문에 나는 변화할 수 있었던 것이다.

사랑은 눈에 보이지 않는 자국을 남긴다. 자국은 상대에게 옮겨지고 합쳐지며 끝내는 흡수되어 하나의 또 다른 자국으로 남겨진다. 과거 누군가로부터 전해진 자국은 내 것과 뭉쳐지고 또 그 자국은 미래에 새로운 사람과 만나 또 다른 모양으로 변형될 것이다.

나와는 다른 모양의 흔적을 가진 그가 나와 만나 만들어진 새로운 흔적은 다음 사랑에 드러나 우리를 성장시킬 것이다. 그렇게 사랑은 계속해서 이어질 것이다. 과거의 사랑은 현재로, 현재의 사랑은 미래로. 과거의 사랑이 끝났다고 모든 것들이 무의미해지는 것은 아니다.

남겨진 흔적으로 우리는 계속해서 사랑을 더 아름답게 다듬어 갈 수 있다. 그래서 나는 그의 흔적을 사랑한다. 지금의 그가 될 수 있었던 그 흔적들을 존중한다.

어쨌든 우리는 점점 더 좋은 사람들이 되어 가고 있다.

때로는 그 작은 것 하나가
너의 모든 것이 되기도 하고

애인을 만나게 된 건 순전히 우연에 의해서였다. 처음 그를 만났을 땐 그가 무척 과묵해 보이고 다가가기 어려워 보여 말을 건네지도 못하고 안녕하세요, 안녕히 가세요, 이런 인사말만 나눈 것이 다였다. 우연히 두 번째로 만난 날에 우리는 갤러리에서 함께 미술 작품을 감상했는데 그는 반가워 그랬는지 내게 조금 장난을 쳤고 나는 그런 그의 모습이 귀여워 보였다.

연락을 하고 만남이 늘고 서로의 마음을 확인할 만한 말과 행동이 잦아지면서 우리는 자연스레 연인으로 발전하게 되었다. 언제, 무엇 때문에 그에게 호감을 느꼈는지 생각해보면 정확한 장면을 꼬집어 말할 수 없지만 아마 그를 처음 본 날부터 호감을 느끼고 있었던 게 아닐까 하는 추측만 해볼 뿐이다. 왜냐하면 그를 만난 뒤 나는 자주 그를 떠올렸기 때문이다. 고작 인사만 나눴을 뿐, 연락처도 알지 못하는 그를 다시 만날 수 있을지, 그도 나에 대한 생각을 하는지, 그런 것들을 자주 떠올리고 궁금해 했다.

그러나 그에게 반한 순간은 의외로 정확히 기억이 나는데 그건 바로 그의 그림을 본 순간이었다. 그는 추상화를 그리는 작가였다. 그의 웹 사이트에서 그가 그린 그림을 처음 보자마자 나는 빠져들어서 와, 와, 하면서 계속 감탄만 했다. 여태껏 나를 이렇게 빠져들게 하는 작가는 없었다. 뉴욕에서도 그랬고 한국에서도 그랬다. 그러니까 그는 내가 처음으로 반한 회화 작가였다. 그림은 그에 대해 훨씬 많은 걸 말해 주고 있었다. 이런 그림을 그리는 사람이라면 더 알아보지 않고도 그를 사랑할 수 있을 것 같았다. 당장에라도 그를 사랑할 수 있을 것 같았다.

그의 강렬하고 솔직한 그림에 반한 나는 자주 그의 작업에 대한 것들을 물어봤다. 왜 그런 생각을 하는지, 어떤 느낌으로 그 그림을 그렸는지, 어떤 철학을 가지고 있는지 등등. 평소에 무척 장난기가 많은 사람이었지만 그런 것들에 대해 얘기할 때면 순식간에 아이 같은 얼굴은 사라지고 그는 사뭇 진지해지는 것이었다. 나는 그런 그의 모습이 멋져 보였다. 자신의 일, 자신의 인생에 대해 자신만의 철학과 사상을 가지고 있다는 것이. 그리고 그것을 토대로 자신의 이야기를 예술로 풀어낸다는 것이. 그런 사람은 흔치 않았다. 적어도 내가 만난 사람 중에서는 그랬다.

그의 그림은 나와 그를 더욱 가깝게 만들었다. 나는 자주 그의 작업실에 가서 그의 작품들을 보고 그가 그림을 그리는 모습을 지켜봤다. 때로는 그 옆에서 글을 쓰기도 했다. 한파가 몰아치는 날에도 우리는 얼음굴 같은 작업실에서 발을 동동거리며 뜨거운 커피잔에 손을 녹이며 작업을 했다.

우리가 연인이 될 수 있었던 건 그의 그림 때문인지도 몰랐다. 그가 좋아서 그의 그림을 좋아한 게 아니라, 그의 그림이 좋아서 그를 좋아하게 됐는지도 몰랐다. 그러나 그의 그림은 그에게서 나온 것이니까 뭐가 어떻든 간에 나는 그를 좋아하는 것이 확실했다. 우리는 만날 때마다 여러 방면에 걸쳐 대화를 했는데 어떤 분야에 대한 이야기를 하든 서로 솔직한 대화를 할 수 있다는 게 좋았다. 그러면서 내가 잘 모르는 것에 대한 것들, 특히 미술 분야에 대해서 그에게 배울 수 있다는 점도 좋았다. 나는 그의 말을 잘 경청하고 있다가 문득 그의 진지한 표정을 보면 사랑의 감정이 물밀듯 밀어닥치는 걸 막을 수 없었다. 그럴 때마다 대화 중간에 뜬금없이 사랑해, 라고 말을 해서 그를 당황시켰는데 그 순간에 그런 말을 하지 않고는 못 배길 것 같았다.

그는 확실히 다른 남자들에 비해 로맨틱한 구석이 있었다. 낯간지러울 만한 말들을 아무렇지도 않게 속삭이고 나를 자주 예쁜 카페와 분위기 좋은 레스토랑에 데려갔다. 나는 사실 카페를 좋아하지 않았지만 그가 정성들여 찾은 곳들을 거절할 수 없었다. 그렇지만 그가 나를 데려간 카페들은 정말 하나같이 다 예뻐서 기분이 좋아졌다. 한편으로 그가 신기하기도 했다. 어떻게 그는 이렇게 예쁜 카페들을 다 알고 있는 건지. 그는 부모님과 커피를 자주 마시러 다니는 사람이었다. 그래서 예쁜 카페를 갈 때마다 다음번에는 나래를 꼭 데려와야지, 하고 생각했다고 한다.

비가 오는 날에도 어김없이 그는 나를 카페에 데려갔다. 내가 카페에 들어가면 너무 예쁘다고 기뻐하니까 그는 그 모습이 좋았을 거다. 그는 지금까지도 꾸준히 카페를 찾아보는 사람이다. 그리고는 여기 가볼래? 하면서 내게 사진을 보여주는 사람이다. 언젠가는 연달에 카페를 세 군데나 돌아다니며 커피를 마셨는데 단지 그가 나를 더 예쁜 카페에 데려가고 싶었기 때문이었다. 덕분에 나는 이제 카페를 좋아하게 되었다. 그와 함께 카페에 들어가면 그의 마음씀씀이가 느껴져서 따뜻해진다.

그런 사소한 것들, 사소한 말 한마디, 그의 행동 하나가 나를 행복하게 만든다. 여태까지 그가 데려간 예쁜 카페는 무척 많지만 그보다 더 예쁜 그의 마음이 훨씬 기억에 남는다. 때로는 그 작은 것 하나가 그의 모든 것이 되기도 한다. 나는 그것들을 최대한 오래오래 기억하고 싶다.

나는 지금 우리의 시간이 오래도록 지속되기를 바라고 있다. 그가 그림을 그리는 모습을 옆에서 계속 지켜보고 싶다. 내가 쓴 글을 제일 먼저 그에게 읽히고 싶다. 앞으로도 예쁜 카페를 그와 함께 가고 싶다. 하고 싶은 일이 많다.

그와 함께 하고 싶은 일들이 아직 많다.

당신의 대답

나: 어디 있다가 내 앞에 나타났어?
너: 네가 나를 불러냈잖아. 네가 나를 만든 거야.
나는 우주 어딘가에 먼지로 있었는데.

완전한 사람은 아니지만

누군가와 무언가를 함께 할 수 있다는 건 참 멋진 일이다. 그 대상이 사랑하는 사람이라면 더더욱 그렇다. 밥을 먹을 때, 걸어갈 때, 여행을 갈 때, 어떤 순간이든 사랑하는 사람과 함께 하면 혼자일 때보다 더욱 즐겁게 느껴지곤 한다. 물론 덜 외롭게 느껴지기도 한다. 외롭다는 말이 나와서 말인데 인간은 참으로 외로운 존재들이라는 생각이 든다. 어쩌면 외로움은 인간의 유전자 깊숙이 박혀진 불가결한 본성인지도 모르겠다.

나는 늘 상대적으로 외로움이 많은 사람이라고 생각해 왔다. 어릴 적에는 엄마와 조금이라도 떨어져 있을 때면 불안하고 초초하여 눈물을 왈칵 쏟아내며 떼를 쓰던 기억이 난다. 또 초등학교에 입학하기 전까지는 오른손의 엄지를 늘 입에 물고 잠든 기억이 있다. 손가락을 빨지 않고서는 불면증에라도 걸린 것처럼 잠을 이룰 수가 없었다. 그것뿐인가? 불안하면 손톱을 잘근잘근 물어뜯는 바람에 남아나는 손톱이 없었다. 그 때의 습관으로 지금도 나는 손톱을 길게 기르지 못한다.

어디선가 봤는데 그건 애정결핍의 한 증상이라고 한다. 그럴 수도 있겠다. 그러나 우리 인간은 모두가 결핍된 존재들이 아닌가? 애정이 충족된 인간이나 사랑이 충족된 인간이 세상에 존재하기는 하는 걸까? 어쩌면 그래서 우리는 끊임없이 짝을 찾고 함께 무언가를 하려는 게 아닐까? 이 불안감, 외로움, 결핍으로부터 벗어나기 위해서.

나는 사랑하는 사람과 함께 있을 때면 순간적으로나마 완전하다는 느낌을 받는다. 그와 함께일 때, 더 이상 중요한 것도, 필요한 것도 없어지고 단지 그와 함께 하는 순간만을 원하게 된다.

그러나 단순히 우리가 함께 같은 공간에 있다는 것, 그와 나의 육체적 거리만이 우리의 결핍을 상쇄해 주는 것은 아니다. 그보다는 눈에 보이지 않는 정신과 감정의 거리가 우리를 완전하다고 느끼게 해주는 것이다. 그래서 사랑을 할 때는 혼자 있는 시간이 훨씬 외롭게 느껴진다. 그와 함께 있던 그 충족된 시간들을 경험해 버렸기에 혼자 있는 시간의 공허함이 더 크게 다가오게 된다. 그럴 때면 평화롭던 일상이 혼란스러워지고 돌연 쓸쓸해지는 감정의 변화를 느끼게 된다. 그것이 심해지면 '상사병' 이라는 마음의 병이 생기는 것일까?

그래서 나는 사랑을 할 때 가장 중요한 것이 자신만의 중심을 지키는 것이라고 생각한다. 혼자만의 시간을 적절히 활용하고 그와 나의 공간을 서로가 유지해 나가는 것. 그러나 생각과 마음은 완전히 별개인 것들이라 나는 자주 중심을 잃게 된다. 나에게 우선순위가 되던 것이 밀려나고 어느새 그 자리엔 그의 것이 들어차 버린다.

나보다는 그를 먼저 생각하고 나의 기쁨보다 그의 기쁨을 먼저 생각하게 된다. 조금만 방심하면 나는 내 중심에서 밀려나 나를 잃어버릴지도 모른다. 사실 나는 연애에서 그것보다 위험한 일은 없다고 느낀다. 왜냐하면 내가 나를 잃는 순간에 상대방도 함께 잃을 수 있기 때문이다. 중심이 없는 사람과 사랑은 서로를 지치게 만든다. 사랑을 잃고 난 뒤에 다시 나의 중심으로 돌아오려고 한다면 더 많은 시간과 노력이 필요할 수도 있다.

세상에 완전한 사람은 없다지만 혼자서도 완전하

지 못한데 둘이서 완전한 게 무슨 의미가 있을까? 어쩌면 나는 순간의 열정으로 아주 잠시 동안만 완전한 상태를 경험했던 것일 수도 있다. 그 순간이 지나면 나는 다시 불완전한 사람이 되어 영원히 불안과 충족을 반복하게 될까? 만일 그렇다면 결국 처음의 열정이 사라지고 내가 또 외로워진다면 그 원인을 그 사람에게서 찾게 되지 않을까? 나는 그런 것이 두렵다. 내 사랑이 그런 허술한 이유로 끝나 버릴까 봐 두렵다. 내 미숙함이 우리의 사랑을 부식시킬까 두렵다.

몇 번의 연애를 경험하며 사랑에 대해 다 아는 양 '사랑은 이런 것이다' 라고 단정 짓던 시절도 있었다. 연애는 그저 비슷비슷한 패턴의 반복일 뿐이라며. 그러나 새로운 사랑을 시작하면 언제 그랬냐는 듯 그전까지는 경험하지 못했던 새로운 세상이 열리고 나는 다시 사랑에 서툰 사람이 되고 만다. 그러니 새로운 사랑은 곧 나의 미숙함이 노골적으로 드러나는 일이기도 하다.

나는 언제까지고 완전한 사람이 되지는 못할 것이다. 그러나 나는 조금씩 나의 중심을 지키는 법을 배우고 있다. 그의 중심을 지켜주는 법을 배우고 있다.

우리가 더욱 성숙한 모습으로 사랑을 지켜나갈 수 있도록 끊임없이 배워나가고 있다. 그렇다고 내가 덜 외롭거나 덜 불안한 사람이 되지는 않겠지만 그래도 내가 사랑을 하는 한 우리의 사랑을 위해 노력할 것이다.

투명해진 마음

오늘 애인과 전화로 사소한 다툼이 있었다. 마음이 가라앉은 뒤 생각해보니 느끼는 것이 있어 이렇게 글을 쓴다.

연애를 하다보면 다른 가치관과 생활 방식, 태도 등등 여러 가지 문제들로 사소한 다툼이 있을 때가 있다. 우리도 당연히 그런 문제들에 부딪히게 되는데 다행인 것은 서로 싸우는 것을 좋아하지 않는다는 점이고 그것의 단점이라면 불만을 제때 이야기하지 않아 서로에게 오해가 발생한다는 점이다. 언젠가 한번 그는 내게 불만이 있으면 담아두지 말고 이야기를 하라고 한 적이 있다. 담아두기만 하면 나중에 더 큰 갈등이 생긴다면서. 그의 말은 옳다고 생각하지만 불만을 그에게 그대로 드러내는 것은 여전히 내게 어려운 일이다.

방금 있었던 일도 굉장히 사소한 일이었는데 다툼

이라는 게 그렇듯이 그 당시엔 사소하다고 여겨지기는커녕 내게 일어난 가장 큰 문제인 것처럼 느껴지곤 한다. 그 문제에 대해서 서로의 의견을 주고받다가 나는 조금 눈물이 흐르기도 했다. 차마 엉엉 울지는 못하고 조금씩 훌쩍대면서.

우리는 다툼이 있을 때 크게 화를 내거나 소리를 지르거나 욕을 하거나, 하는 감정이 극으로 치닫는 말과 행동은 하지 않는다. 기분이 상한 상태여도 중간 중간 잘못한 건 사과를 해나가며 얘기를 잘 마무리 지어보려고 한다. 그래서인지 괜한 일에 눈물을 흘리는 것이 조금은 창피하기도 하여 나는 속으로 눈물을 삼킬 때가 많다. 나는 정말 울고 싶지 않은데 눈물은 나와 상관없이 주책 맞게 자꾸만 흘러내려 나를 자주 부끄럽게 한다.

어쨌든 서로가 하고 싶은 말을 하면서 한동안 그것에 대해 다투기도, 서로의 의견을 주장해보기도, 또 이해시키고 이해받기를 주고받으며 결국엔 좋게 마무리를 짓고 다시 컴퓨터 앞에 앉았다.

그런데 재미있는 일은 남아있는 흥분이 완전히 가라앉자 갑자기 기분이 굉장히 상쾌해 지는 것이다. 한마디로 기분이 좋아졌다. 엄청나게 신나는 그런 감정이 아니라 마음이 편안해지면서 조금 활기가 돈다고 해야 할까? 아무튼 그와 다투기 전보다 기분이 나아진 것만은 확실했다. 이런 마음의 변화를 느끼자 나는 이런 생각이 들었다. '내가 내 안의 것들을 너무 해소를 못하고 있었구나.' 일상생활을 하며 받게 되는 스트레스나, 감정적인 문제들, 하고 싶었으나 하지 못했던 말 등등. 그런 잡다한 것들이 뒤섞여 내 안에 쌓여가는 동안 나는 그것들을 밖으로 꺼내는 일을 잊고 있었던 것이다.

더군다나 최근에는 글을 쓴다고 더더욱 몸을 움직이지 않고 하루 종일 앉아 있다 보니 몸을 통해 배출될 기회조차 잃어버리게 된 셈이다. 운동을 하든, 펑펑 울든, 소리를 지르든, 화를 내든, 뭐가 됐든 감정을 전환하고 해소하려면 에너지를 분출해야 하는데 그 분출하는 것을 한동안 잊고 살았다 싶었다.

그와 통화를 하며 조금이나마 울고 내 안에 쌓여 있던 이야기들을 제대로 하고 나니 마음 안이 텅 빈 것처럼 투명해진 느낌이 들었다. 그래서 가벼웠고 상쾌했다. 마음이 투명해야 다시 새로운 것을 받아들이고 쌓아 가는데 내 마음은 이미 너무 많은 찌꺼기들이 들러붙어서 더 이상 무언가를 수용할 만한 작은 틈조차 없었나 보다. 그래서 더 날을 세우고 자꾸만 피곤함을 핑계 삼아 늘어지기만 했다. 나의 피

로함은 몸과 마음을 사려야 할 것이 아닌 오히려 써야 할 일이었는데 말이다.

가벼운 마음으로 집에 돌아오니 아빠가 김치찌개를 끓여 놓았다. 맛있게 저녁을 먹고 오랜만에 아빠와 이런저런 즐거운 이야기를 다정하게 나눴다. 밥을 먹으니 힘이 나서 좋은 생각들이 마구마구 차오른다. 밤공기가 상쾌해서 방금 그에게 다시 전화를 걸었다. 늘 그렇듯 그는 세상에서 가장 따듯한 목소리로 날 맞아준다.

당신이 아플 때

나는 아파도 약을 먹거나 병원에 가는 일이 없는데 얼마전 애인이 아팠을 때는 새벽에 편의점으로 뛰어나가 약을 사왔다. 그에게 약을 먹이고 자면서 '저사람 대신 내가 아프게 해주세요.' 라고 기도를 했다.

언젠가 아빠의 입술이 부르텄을 때도, 친구가 독감에 걸려 콜록댔을 때도 나는 그 옆에 누워 내가 아파도 좋으니 이 사람이 낫게 해달라고 기도했었다. 때로는 그 기도가 통한 적도 있었다. 그 대가로 나는 심한 고열과 오한에 시달려야 했지만 신기하게도 상대방은 더이상 아프지 않았다.

내가 사랑하는 사람이 아픈 것을 지켜보는 일은 괴롭다. 그보다는 차라리 내가 아픈 게 낫다고 생각한다. 나는 늘 그 쪽이 덜 아프다고 생각해왔다.

이유 없이 너를 사랑하고 싶다

나는 가끔 누군가를 사랑한다는 이유로 상대방에게 가혹하게 굴 때가 있는 것 같다.

언젠가 애인과 함께 간 지인들과의 모임에서 그의 어떤 행동에 실망해서 이러쿵저러쿵 간섭을 했던 적이 있다. 물론 나는 그를 위한다는 마음을 핑계 삼아 조언이랄까, 뭐 그런 의도로 그에게 내 생각을 전한 거였는데 돌이켜 생각해보니 그건 그냥 내 욕심일 뿐이었다. 내가 바라는 그와 그가 바라는 그, 그리고 현실에서의 그, 이렇게 세 가지 이미지의 혼재 속에서 그에게 '내가 바라는 그의 모습'을 온전히 유지시킬 수도 없을 뿐더러 그건 어디까지나 그의 문제가 아닌 나의 문제였던 것이다.

그러고 보니 살면서 품게 되는 누군가에 대한 불만이 실은 상대방 때문이 아니라 그것을 못마땅해하는 나 때문이라는 사실을 나는 너무 간과하며 살아온 듯하다.

그를 위한다는 논리를 앞세워 내가 얻고자 했던 것은 결국 그가 변하는 것이었다. 내가 바라는 그의 모습으로 그를 변화시키고 싶은 욕심. 사랑이라는 이름을 앞세워 내가 했던 많은 일들이 사실은 그와 정반대되는 일이라는 것을 나는 최근에서야 인지하게 되었다.

살면서 맺게 되는 수많은 관계 속에서 내가 상대방에게 원하는 바는 각각 다르고 그것이 충족되지 않을 때 문제가 생긴다고 느낀다. 그동안 나는 사랑과 우정이라는 이름으로 얼마나 많은 위선을 부렸던 걸까. 혹시 그 때문에 누군가가 상처 받지는 않았을까?

가끔 왜 그를 좋아하는지 생각해 본다. 어떤 이유에서, 어떤 모습의 그를 좋아하고 있는지. 내가 좋아하는 모습의 그를 떠올리다가 만약 그에게 그런 모습이 사라진다면 나는 더 이상 그를 좋아하지 않게 될까? 하고 자문해 본다. 음, 아무래도 나는 계속 그를 좋아할 것 같다. 왜냐하면 그냥 그라서. 그이기 때문에.

아무 수식어도 붙지 않은 그를 좋아하고 싶다. 그를 사랑할 이유는 많지만 이유 없이 그를 사랑하고 싶다. 어떤 이유 때문이 아니라 그냥 그의 존재 자체를 사랑하고 싶다.

자기야

나는 자기야, 라는 말이 좋더라. 왠지 성숙해 보여서.

'자기'는 내가 애인을 만나기 시작하면서 부른 호칭이다. 자기라는 호칭이 성숙해 보인 데는 우리 부모님의 영향의 큰데 어릴 때부터 엄마가 아빠를 부르는 호칭이었기 때문이다. 그래서인지 나는 '자기'라는 말이 어른들의 영역에 속해있다고 생각했던 것 같다.

그전까지의 연애에서는 상대방의 이름이나 애칭 등을 부르곤 했는데 나는 '자기'라는 호칭에 대한 로망이 있으면서도 괜히 쑥스럽고 어색하여 실천을 하지는 못했다. 그러다가 그를 만나면서는 처음부터 자기라고 부름으로써 확실한 실천을 하기 시작했다. 그 이유인즉슨 내가 30대가 됐으니 이제 자기라는 말이 꽤 어울릴 것 같다는 단순한 생각에서였다. 나는 그 호칭이 무척 마음에 들어서 하루에도 수없이 자기라고 그를 부르곤 했는데 어느 날 그가 청천벽력과 같은 말을 내게 전하게 된다.

그거 좀 노티난대. 자기라는 말.

뭐? 누가?

내 후배들하고 여자 친구 부르는 호칭 얘기하다가 우리는 자기라고 부른다고 했더니 완전 노티 난다기에 그럼 너네는 뭐라고 부르냐? 하니까 여보라고 한대.

그 이야기를 듣고 나는 빵 터져서 여보라는 말은 정말 유치하다고 말을 했다.

그래도 난 자기가 좋다 뭐.

나는 이 노티난다는 '자기' 라는 말을 끝까지 찬양하며 다른 호칭으로 부르기를 거부했다.

우리는 여전히 자기야, 하고 서로를 부른다. 그 말 속에는 사랑과 편안함이 동시에 들어 있어 좋다. 애정이 담기지 않으면 부를 수 없는 말이고 친밀하지 않으면 부를 수 없는 말이다. 그러나 너무 과하지도, 넘치지도 않는 애정의 말이다. 어떨 땐 무심한 듯하면서도 참 다정한 말이다. 또 그 말은 우리 엄마가 아빠에게 하는 말이고 많은 남편과 아내가 서로에게 하는 말이다. 그러니까 그 말은 사랑의 호칭 중에 가장 안정적인 말이다. 어쨌든 나는 이 말이 좋다. 오늘도 그에게 '자기' 라는 말을 몇 십 번 내뱉었는지 모른다.

나는 종종 당신과의 순간에 의미를 부여할 것이다

아빠는 대학생 때 엄마를 처음 만났다. 버스 안에서 우연히 마주친 그들은 10년이 지난 뒤에 결혼하여 나의 부모님이 되었다.

아빠는 그 때 대전에서 대학교를 다니고 있었다. 아빠가 사는 곳은 충북 진천. 내가 자란 곳이기도 하다. 당시에 진천에서 대전으로 가는 직행 버스가 있었지만 아빠는 그 날 중간에 한 번 갈아타는 노선으로 대전을 갔다. 진천 – 신탄진 – 대전, 이런 노선이다. 아빠를 비롯한 당시 학생들은 버스 요금을 아끼려고 그렇게 버스를 자주 갈아타곤 했다고 한다.

신탄진에서 대전으로 가는 버스 안에서 아빠는 처음 엄마를 발견했다. 승객들로 바글대던 만원 버스 안에서 엄마는 아빠가 앉아 있던 자리 앞에 운명처럼 딱 섰고, 아빠는 첫눈에 엄마에게 반한다. 아빠가 엄마에게 반한 것은 당연한 일이었다고 생각한다.

엄마는 젊은 시절 무척이나 예뻤을 것이다. 그 시절 엄마의 사진을 봐도 그렇고 지금 봐도 그 때 엄마가 얼마나 미인이었을지 짐작이 간다.

아빠는 엄마에게 바로 자리를 양보한다. 엄마가 내린 곳에서 함께 내린 아빠는 엄마에게 연락처를 물어본다. 당시엔 휴대폰이 없어서 하숙집 전화번호, 주소 그런 걸 교환했다고 한다. 엄마는 그때 대전에 있는 병원에서 간호사로 근무하고 있었고 둘은 대전에서 자주 만나 데이트를 했다. 아빠의 방학이 되면 엄마는 버스를 타고 진천에 자주 놀러왔고 아빠의 친구들과도 곧잘 어울려 놀았다. 즐겁게 만남을 이어가던 중 아빠가 학교를 졸업하고 군대를 다녀오면서 엄마와는 자연스레 연락이 끊어지게 된다.

아, 옛날의 연애 이야기를 들으면 정말이지 답답해서 나는 못할 것 같다는 생각이 든다. 기다리고 또 기다리고, 이 기다림이라는 게 그 시절 모든 연애의 가장 기본이었으니까.

그렇게 아빠는 제대를 하고 1979년에 서울에서 첫 직장인 롯데칠성에 입사하게 된다. 롯데칠성은 우리가 잘 아는 그 칠성 사이다를 만드는 곳이다. 아빠는 명절이 되어 진천으로 내려왔고, 친구네 집에 놀러갔다가 친구의 여동생을 만난다. '현숙' 이라는 이름을 가진 친구의 동생은 뜬금없이 아빠에게 묻는다.

오빠, 아직도 그 언니 만나?

누구?

아니, 오빠 예전에 만나던 그 예쁜 간호사 언니 만나느냐고!

우리 헤어졌어. 연락이 돼야 말이지, 지금 어디 있는지도 몰라.

그런 아빠에게 현숙은 놀라운 이야기를 전해준다. 그 당시 현숙은 대전에 있는 카이스트 대학교에서 근무하고 있었다. 얼마 전 몸이 아파 병원을 찾았고 거기서 일하고 있던 엄마를 우연히 마주치게 된 것이다. 경황이 없어서 간단히 인사만 짧게 나눈 뒤 헤어졌는데 아빠를 만난 현숙은 문득 그 일이 생각나 아빠에게 전하게 된다.

아빠는 그 즉시 현숙이 알려준 병원으로 전화를 걸어 엄마의 이름을 얘기하고 끊어졌던 인연의 고리를 다시 한 번 잇게 된다. 그렇게 다시 만난 그들은 85년도에 결혼을 하고 그 해에 오빠를 낳고 2년 뒤인 87년에 나를 낳는다.

엄마와 아빠가 결혼할 당시 아빠는 부산의 한 선

박회사에서 일을 하고 있었다. 몇 년간 그곳에서 출입항 관리자로 일을 했는데 당시에 처음 한국으로 수입되던 일제나 미제 같은 외국 브랜드들을 가장 먼저 만날 수 있었다. 그래서 아빠는 그런 브랜드의 제품들을 쉽게 얻을 수가 있었고 그중에서 특히 운동화가 많았다.

아빠는 그때 주변 사람들에게 자주 신발을 선물했고 직원들과 친구들에게 인기가 좋았다. 당시에는 브랜드라는 게 생소하던 시절이었으니까. 그 시절 아빠는 나와 오빠에게 항상 값비싼 브랜드의 신발을 신겼다. 아빠가 출입항 관리자여서 가능한 일이었다. 아빠가 회사를 그만둔 뒤에도 얼마간은 그랬다. 아기 때 신었던 그 신발들은 여전히 내 방 한 편에 보관되어 있는데 그것들을 볼 때면 언젠가 내가 신었던 그 신발들을 내 아이에게도 신기고 싶다는 생각이 든다.

어느 날, 갑작스레 할아버지의 임종 소식을 듣고 아빠는 진천으로 돌아가기로 결심한다. 나는 그 때 채 2살이 안되었던 갓난아기로, 사실상 태어난 곳은 아니지만 나는 내가 진천에서 태어났다고 꽤 오랫동안 믿고 자랐다. 그 후로 대학에 입학하기 전까지 나는 거의 20년의 세월을 그곳에서 보냈다.

아빠는 엄마와 다시 만나게 된 시절을 회상하면 늘 운명이라고 말을 한다. 결혼은 서로 사랑하는 것만으로 이루어지는 게 아니라며. 인연이고 운명인 거라고. 그게 다 엄마랑 결혼하라는 하늘의 계시가 내린 거야, 하고 말을 하는 아빠의 표정은 진지했다.

아빠의 친구들은 아빠와 엄마의 이야기를 들을 때면 그게 꼭 영화나 소설에 나오는 러브스토리 같다고 말을 했다고 한다. 치, 완전 유치해. 하고 내가 말하면 아빠는 진짜 그렇게 우연히 다시 만날 확률이 얼마나 될 것 같냐고 내게 다시 반문한다. 아빠에게 본인도 그렇게 생각하는지, 엄마와 운명인 것 같냐고 물어보면 아빠는 그렇다고 대답한다. 만날 사람은 어떻게든 만나게 되어 있다고.

나는 엄마 아빠의 러브 스토리를 잘 기록해 두었다가 언젠가 아빠의 말처럼 소설로 써보고 싶다는 생각도 들었다. 혹시 그게 영화가 된다면 아빠가 얼마나 기뻐할지를 상상했다. 그래서 나는 아빠의 말을 모조리 녹음했다. 만약의 미래를 대비해 부모님의 연애 시절의 기록을 음성으로 남겨둔 것이다. 그러나 나는 아직 너무 부족해서 지금은 이렇게 사실적인 기록을 남겨두는 것만으로 만족을 하자고 생각했다.

언젠가 엄마와 아빠에게 왜 둘이 결혼을 하게 된 것 같냐고, 왜 운명은 둘을 다시 만나게 한 것 같냐고 물어본 적이 있다. 둘은 동시에 똑같은 대답을 했는데 그건 바로 나였다. 나와 오빠를 낳기 위해 우리가 결혼한 것 같다고.

부모의 대답은 언제나 심플하다. 자식이 원인이 되기도 하고, 결과가 되기도 하고. 그러나 어쨌든 부모의 대답은 늘 자식이다. 나는 아직 자식이 없어서 그런 기분을 잘 모르겠다. 어째서 저렇게 항상 자식이 첫 번째 이유이고 결과가 되는지에 대해. 나의 첫 번째는 나인데 그게 30년이나 지속되어 왔기 때문에 나중에 그게 변할 수 있을지 어떨지는 잘 모르겠다. 너도 자식 낳아 봐, 그럼 그때 알게 돼, 하고 말하는 엄마의 마음을 절대 이해할 수가 없는 거다.

나는 엄마 아빠의 러브 스토리를 들을 때마다 나의 애인을 생각했다. 우리의 인연이 운명으로까지 이어질 수 있을지. 우리는 과연 하늘의 계시를 받을 수 있는 인연인지. 알 수 없는 미래가 몹시도 궁금해졌다. 그래서 그런 날은 괜스레 우리의 앞날에 대해 떠들어 보기도 했다. 미래에 대해 떠드는 것은 불안하다는 의미였다. 우리 두 사람의 미래가 불분명하다는 의미였다. 그래서 더 열정적으로 우리는 앞으로 어쩌고 저쩌고… 이런 일을 할 거고 만약에 우리가 결혼을 하게 된다면 어쩌고 저쩌고… 어때? 꽤 멋진 미래다 그치? 하고 상대에게 묻는 것이다. 상대가 그렇다고 긍정을 하면 나는 그 불안감이 조금 수그러드는 기분이었다.

그리고는 그의 이야기를 해달라고 조른다. 당신이 어떻게 살아왔는지, 나를 만나기 이전에 어떤 일이 있었는지, 당신은 어떤 사람이고 어떤 어린 시절을 지나왔으며 내게 숨기고 싶은 것은 무엇인지. 그에 대해 모조리 알고 싶은 충동이 든다. 내가 아는 그보다, 나와 함께한 그보다, 그렇지 않은 그가 더 많은 날들을 살아왔기 때문이다. 지금 내가 아는 그는 너무나 적은 것이다. 더 많은 그의 모습이, 날들이 알고 싶어진다.

누군가의 이야기를 듣는 건 재밌다. 특히 그가 내가 잘 아는 사람이라면 더욱 그렇다. 가족이나 친구, 애인에 대해 잘 알고 있다고 생각했지만 그들의 이야기를 들을 때마다 나는 새로운 그들을 본다. 누구나 자신만의 소설을 쓰고 영화를 만들며 살아간다는 생각이 든다. 본인만 자각하지 못할 뿐, 누구의 이야기를 들어도 흥미롭고 독특하다. 어떤 영화보다도 훨씬 더 재미있다고 느껴진다.

엄마 아빠를 볼 때면 그들이 어떻게 사랑하게 되었고 결혼을 하게 되었는지, 어떤 점이 좋았는지 궁금해진다. 말로 풀어낸 이야기 말고 그들의 감정과 느낌들을 있는 그대로 알고 싶다. 그러나 그럴 수 없기에 나는 나와 애인에게 그것을 대입해본다. 그러면서 그와 함께 그 길을 걸어갈 수 있을지 상상해 본다.

나와 애인에게도 운명적인 순간은 존재한다. 마치 우리에게만 일어난 일 같은 그런 순간들 말이다. 그러나 그것은 우리 엄마 아빠에게도 있었고 우리 할머니 할아버지에게도 있었을 것이다. 모든 연인들은 자신들이 운명이라 믿을 만한 제법 그럴듯한 운명의 순간을 가지고 있는데 그것이 적절한 시기에 발현되면 그들은 새로운 삶을 함께 시작할 수 있다.

아빠의 말이 틀렸을 수도 있다. 정말 우연히 엄마 아빠가 다시 만나게 된 걸 수도 있다. 운명이니 하늘의 계시니 그런 게 아니라. 그렇지만 정말 중요한 건 그래서 어떻게 되었는가 하는 문제라고 생각한다. 다시 만나서 결혼을 했고 지금까지 함께 살아오고 있다는 것. 그게 중요한 거라고 생각한다. 그때 어떻게 했느냐가 아니라 지금 어떻게 하고 있느냐 하는 것. 운명이 아니라고 해서, 그저 단순한 우연일 뿐이라고 해서 그것이 사소해지는 것은 아니다. 매일매일 우연은 일어나고 우리가 그것을 우연으로 넘기느냐, 아니면 의미를 부여하고 운명으로 받아들이느냐 하는가에 그것의 가치가 달려 있다고 생각한다.

나는 웬만하면 모든 우연들에 의미를 부여하고 싶다. 그래서 지금 내 앞에 있는 모든 것들을 소중히 대하고 싶다. 친구들은 내게 왜 그렇게 쓸데없는 것에 의미를 부여하냐며 핀잔을 주지만 그래도 계속해서 그러고 싶다.

내가 당신에게 의미를 부여하는 것은 당신이 소중하기 때문에,

내가 당신과 함께하는 순간에 의미를 부여하는 것도 당신이 내게 소중한 존재이기 때문에,

당신을 소중하게 생각하기 때문에 나는 종종 당신과의 순간에 의미를 부여할 것이다. 아빠가 그랬듯, 나는 당신에게 그럴 것이다.

착할 딸로 살기 싫다

모든 인간관계가 그렇겠지만 그 중 가장 어려운 것은 가족, 특히 부모와의 관계라고 생각한다. 여태까지 친구들과의 대화에서 그들의 인생에 가장 많은 스트레스로 작용하는 대상은 놀랍게도 가족인 경우가 많았다. 그것은 어쩌면 당연한 일인데 그만큼 우리는 정신적으로나 육체적으로나 서로에게 너무 가깝기 때문이다.

대학을 입학하고 서른이 될 때까지 서울로, 뉴욕으로, 또 밀라노로 근 10년을 가족들과 떨어져 지낸 나는 몇 년 만에 보는 가족들에게 어색함을 느낀 적이 있었다. 내 안에 입력되어 있는 정보들, 이를테면 과거에 엄마 아빠에게 하던 말투와 행동들이 더 이상 내게 익숙하게 다가오지 않았기 때문에 나는 그것들을 할 수 없었고, 과거의 정보와 현재의 행동이 불일치함에 있어서 나는 상당한 심적인 충돌을 느낄 수밖에 없었던 것이다. 내가 아마 가족에 대한 고민을 가장 많이 했던 것은 바로 이 시점으로 떨어져 지낸 그전까지는 오히려 가족에 대한 소중함이 증폭되어 더할 나위 없는 가족애를 느끼곤 했다는 것은 참 재미있는 사실이다. 그러니까 서로가 멀리에 있을 땐 누구나 사랑을 하기가 쉽고, 도리어 가까울수록 사랑과 멀어지는 것은 사랑의 이중성을 잘 보여주는 가장 단적인 예다.

몇 년 전 내가 본가에 들어가기로 마음먹었을 때 가장 첫 번째로 결심한 것은 부모님에 대한 이해와 존중을 실천하는 것이었다. 물론 결심은 생각대로 잘 되지 않았는데 그런 과정에서 내가 부모에게 기대하는 이미지와 실제의 이미지가 다르다는 것에 대한 실망은 나를 좌절 시켰고, 그보다 그런 마음이 드는 스스로에 대한 두 번째 실망은 나를 훨씬 더 괴롭게 만들었다. 아무리 부모의 몸과 정신을 한때 공유했던 사이라 해도 우리는 엄연히 다른 인간들이었다. 우리의 생활은 달랐고 생각은 더더욱 달랐다. 그들을 너무나 이해하고 싶었지만 결코 완벽한 이해는 할 수 없었다.

그러나 우리가 서로 다르다는 이유로 내가 무조건적인 반감을 가진 것은 아니었다. 일주일에 한번은 꼭 함께 영화를 본다든지, 내 이야기를 하기보다는 조금 더 잘 들어준다든지, 부모님이 가자는 곳에는 무조건 함께 간다든지 등등 아주 특별한 사유가 없는 한 부모님이 제안하는 일은 거절하지 않았다. 그래서인지 그즈음에 친구들과의 약속은 오늘은 부모님과 영화를 봐야 한다는 이유로 미뤄진 적이 많았고, 그건 친구뿐만 아니라 남자친구와의 데이트에도 적용이 됐다.

당시에 나는 매일매일 무언가를 기록해두는 것에 몰두해 있었는데 그 중 하나가 반성 노트였다. 거기에는 내가 다짐한 것들을 지키지 못한 것에 대한 반성과 내일의 각오가 규칙적으로 나열되어 있었다. 그 중 대부분을 차지했던 것이 바로 부모에게 상냥하지 못했던 나의 말과 태도에 관한 것들이었다. 왜 나는 나와 아무런 상관도 없는 타인에게는 그토록 친절하면서 나와 가장 가까운 가족에게는 그렇게 하지 못할까, 하는 자책으로 한동안 마음이 뒤숭숭했다. 처음에는 그냥 나의 태도가 가장 큰 문제라고 생각했기 때문에 무조건적으로 부모님의 말에 수긍하는 것이 옳은 것이라고 믿었다. 그것이 설사 나의 가치관과 대립되는 것일지라도. 그러나 느닷없이 훅 올라오는 감정들까지 완벽하게 통제를 할 수는 없었고, 매일매일 다짐을 해도 나도 모르게 툭 튀어나오는 짜증에 대해서 생각해 볼수록 점점 미궁으로 빠져드는 기분이었다. 사실 그런 짜증은 그 상황에 적절치 못한 반응이었으니까. 왜 그럴까? 왜? 나는 나쁜 딸일까? 이런 생각이 나를 괴롭힐수록 나는 그 문제점을 찾기 위해서 무진장 애를 썼는데 결국 내가 찾아낸 것은 이것이었다.

'우리는 너무 많은 과거를 공유하고 있다.'

상대방을 대할 때 어떤 정보들을 기반으로 서로에 대한 반응과 태도가 나오게 되는데 나에겐 가족에 대한 정보가 너무나 많아서 오히려 그것이 독이 되고 있었던 것이다. 만일 과거에 현재와 비슷한 상황을 겪은 적이 있다면 나는 그 과거의 기억이 합쳐진 상태로 현재를 대할 것이고 그렇기 때문에 부정적으로 반응할 확률이 더 많다. 왜냐하면 삶이란 건 결국 살아갈수록 경험이 많아지는 것이고 긍정적인 경험이 많아지는 만큼 부정적인 경험들도 많아질 수밖에 없기 때문이다. 그리고 대개는 긍정적인 것보다는 부정적인 것들이 각인되기가 쉬우니까.

가족에게도 의무라는 것이 있다고 하지만 나는 사

실 의무라는 것은 존재하지 않는다고 생각한다. 부모가 자식을 대하는 태도나 행동이 꼭 그래야만 한다거나 자식이 부모에게 꼭 해야 하는 일이라는 것은 없다고 생각한다. 그러나 우리는 그런 것들이 있다고 믿기 때문에 자신의 기대와 예상에서 빗나간 결과가 나왔을 때 그것을 두고 어떻게 엄마가 나에게 이럴 수 있어, 또는 어떻게 네가 부모에게 이럴 수가 있어 라고 말을 하게 되는 것이 아닐까.

타인에게는 한없이 친절하고 관대해지면서 어째서 가장 가까운 가족들에게는 그럴 수 없는 것인지. 나와는 하등의 상관도 없는 누군가가 내게 실수를 하면 그럴 수도 있지, 하며 쿨하게 넘겨버리면서 왜 부모의 작은 실수에는 쿨하지 못한 것인지. 그건 바로 부모이기 때문에. 내 부모. 내 엄마 아빠라는 생각이 나로 하여금 과민하게 만드는 것이겠지. 나는 나의 경험과 편견의 시선으로 부모와의 관계에서 벌어지는 일들을 처리해왔기 때문에 그것이 습관이 되어 아무 일도 아닌 것에도 괜한 짜증과 어리광을 부리고 있었다.

부모 역시 타인인 것을. 부모는 내가 아니고 나 역시 부모가 아니다. 내가 그들에 대해 못마땅한 점이 있었다면 그것은 그들을 나의 범주 안에 포함시켜 생각했기 때문이다. 쉽진 않지만 부모님을 타인화해서 바라보는 연습이 내게 많은 도움이 되었다. 가까울수록 서로에게 공간이 필요하다는 것은 당시 나에게 아주 중요한 배움이었다. 그리고 더 이상 '착한 딸 콤플렉스'에 묶여 내 자신을 괴롭히고 자책하지 말자는 생각도 들었다. 우리가 다르다면, 다른 사람들이라면, 각자에게는 그에 맞는 삶이 있는 것인데 나와 맞지 않는다는 이유로만으로 그것이 잘못된 것이라 말할 수 없지 않은가. 다름을 받아들이되 각자의 생활을 인정해 주는 것이 가족 관계에 있어서 최고의 미덕이라고 나는 생각한다.

만일 어떤 자식이 자신의 부모가 자신에게 전적으로 희생해주길 바란다면 그들은 헌신적인 부모가 될 수는 있지만 그들 자신이 될 수는 없을 것이다. 또 만일 어떤 부모가 자신의 자식에게 순응하기를 바란다면 그는 착한 자식이 될 수는 있겠지만 역시 그 자신이 될 수는 없을 것이다. 나는 자라면서 우리 부모님 뻘 되는 어른들이 그 집 딸이 엄청 착하더라, 말도 참 잘 듣고, 지 엄마가 하라는 거 군소리 없이 다 하더라, 하는 식의 이야기를 자주 들어왔다. 그런데 내가 그 이야기를 들을 때마다 들었던 의문은 '그럼 그집 딸은 착한 딸이 되는 동안 자기 자신은 되었을까?' 하는 것이었다. 착한 딸이 되기 위해 분명히 포기해야만 하는 것들이 있었을 텐데.

나는 착한 사람이 곧 좋은 사람이라고는 생각하지 않는다. 착하다는 것이 단순히 누군가의 생각에 동조하고 따르는 일이라면 나는 결코 착한 사람으로는 살아가고 싶지는 않다. 타인의 의견만을 긍정하고 온통 타인을 위해 사는 동안 내 삶은 그만큼 멀어져 갈 테니까. 부모님의 의견이 나의 의견과 다르다면 나는 기꺼이 내 생각을 피력하겠지만, 그 반대의 경우에도 부모님의 의견을 수용할 줄 아는 사람이고 싶다. '착한 딸'이 되는 것보다 더 중요한 '나 자신'이 되는 것에 몰두하고 싶다. 착한 딸 보다는 자랑스러운 딸, 믿음직한 딸, 좋은 사람, 멋진 사람이 되고 싶다.

한 가지 더. 나는 아직 부모의 의무라든지 책임 같은 것들에 대해 알지 못한다. 문득 내가 어느 날 부모가 되었을 때 우리 부모님보다 잘 해낼 수 있을까? 라는 질문을 내게 던진다면 나는 모르겠다. 정말 모르겠다. 어느 날 문득 부모가 되었을, 자신들도 처음 겪어 보는 부모라는 역할을 위해 얼마나 많은 희생을 했고, 또 얼마나 많은 시행착오를 겪고, 당황스럽고 속상한 일들을 겪었는지는 헤아릴 수 없다.

나는 감히 그들보다 더 나은 부모가 될 수 있을 거라 자신할 수가 없다. 그러니 우리 부모님, 또 세상의 모든 부모님은 그들이 할 수 있는 최선을 했고, 지금도 하고 있다고 말하고 싶다.

내 앞에서 자주 달라지는 사람

김구섭, 1955년생

불판 뜨거워, 아빠가 할게.

언젠가 삼겹살을 구워 먹고 치우는데 내가 불판을 잡으려는 순간 아빠가 말했다. 나는 지금껏 집에서 한 번도 불판을 옮겨본 적이 없는데 내가 불판을 잡기 전에 언제나 아빠가 미리 치워놓기 때문이었다. 그건 너무 당연한 일이어서 그동안은 내가 불판을 옮겨본 적이 없다는 사실조차도 알지 못했다.

아빠의 말은 그날따라 이상하게 들려서 내가 뭐 앤가? 아빠가 불판을 잡으면 그게 뭐 차가워지기라도 하는 건가? 하는 어리광 섞인 혼잣말이 머릿속에 맴도는 것이었다. 내가 잡으나 아빠가 잡으나 똑같을 텐데. 더군다나 나는 30대의 청년이고 아빠는 이제 중년이 지나 60대가 훌쩍 넘어버렸는데. 뜨거워도 내가 뜨거운 게 훨씬 낫지 않을까? 만일 불판의

열감으로 조금의 상해를 입는다 해도 아무래도 내가 더 회복이 더 빠를 것이고…… 그런 생각을 하면서도 아빠가 여전히 나를 아이처럼 대하고 있다는 사실은 나를 안심시켰다. 여전히 내가 누군가에게 보호 받고 있다는 사실이.

아빠는 무거운 것을 들거나 옮길 때 여전히 나에게 부탁하지 않는다. 누가 봐도 내가 체력이 더 좋을 것 같은데 아빠는 맨날 자기가 무거운 걸 들겠다고 성화다. 나는 쬐그만한 짐이나 들게 하고 말이다. 아무리 생각해도 불합리하다. 나는 이제 아빠보다 무거운 걸 들어야 하고 힘든 일을 맡아 해야 하는데. 언젠가 억지로 무거운 걸 들고 간 적이 있었는데 아빠는 그런 나를 보며 끝까지 그냥 거기 놔두라고 멀리에서까지 소리쳤다. 나는 그 말을 무시하고 그냥 그대로 가버렸지만 어쩌면 그때 아빠의 말을 듣고 거기서 멈췄어야 했다는 생각도 든다. 그 때문에 아빠가 안심된다면 그냥 그대로 두는 게 나았을 거라고.

아빠의 그런 모습을 볼 때마다 그가 나를 얼마나 아끼는지 생각해보게 된다. 어떤 날은 조금 눈물이 날 때도 있다. 나는 원래 눈물이 많은 애였지만 나이가 들수록 눈물이 마르는 게 아니라 어쩐지 더해가는 느낌이 난다. 부모 앞에서는 노인이 되어도 아이라던데 나는 언제까지나 우리 엄마, 아빠에게는 어린아이인가 보다.

아빠에 대한 기억으로 가장 인상적인 장면이 있다. 어릴 적에 아빠 차를 타고 집으로 돌아오는데 집 앞 골목에서 운전자간에 시비가 붙었다. 상대방 운전자는 내려서 다짜고짜 아빠에게 삿대질을 하며 욕을 하기 시작했는데 어린 내가 보기에 아빠는 아무 잘못이 없어 보였다. 어떤 상황이었는지 정확히 기억나지 않아 단정 지을 순 없지만 평소 아빠의 차분한 운전 습관으로 미루어 보건대 아빠가 백 프로 잘못한 일은 아니었을 것이다.

나는 상대방 아저씨의 모습을 보며 분노를 느꼈는데 그런 모욕을 그대로 받아내는 아빠가 무척 바보같아 보였고 어린 마음에 아빠가 그 자리에서 같이 싸워주길 바랐다.

아빠는 왜 가만히 있어? 저 아저씨가 저렇게 욕을 하는데 아빠는 왜 바보처럼 가만히 있냐고!

나는 화가 나서 아빠에게 마구 소리를 질렀는데 그래도 아빠는 아무 말 없이 태연하게 나를 집에 데려다 주고는 다시 휙 나가 버렸다. 집 앞 대문을 열어 보니 아빠는 아까 그 아저씨에게 삿대질을 하며 똑같이 욕을 하고 있었다. 나는 그게 너무 기뻐서 킥킥대고 웃었던 기억이 난다.

결과적으로 그 아저씨는 아빠의 돌변한 모습에 놀랐는지 그냥 가버렸고 아빠는 다시 집으로 돌아왔다. 그때 아빠는 내게 굉장한 승리자처럼 보였다. 아빠가 그 아저씨의 모욕을 참아낸 장면이 나는 아주 오랫동안 기억이 났다. 당시에는 어려서 아빠의 행동을 정확히 이해할 수 없었지만 점점 자라면서 아빠의 인내하는 모습이 나에게서 비롯되었음을 알게 되자 도대체 부모라는 것이 무엇이기에 사람을 이토록 변화시키는 것인지 궁금해졌다. 아빠는 다혈질 기질이 있어서 자주 욱했다. 그런 상황에서 참는 성격이 아니다. 아빠 혼자였다면 말이다. 내가 있다는 이유만으로, 당신의 딸이 함께 차에 타고 있을 때에 그는 그렇게 달라지는 사람이 된다.

아빠는 내 앞에서 자주 달라지는 사람이었다. 내가 먹고 싶은 게 있을 때 그는 그것이 먹고 싶어지는 사람이었다. 내가 갖고 싶은 게 있을 때 그는 그것을 어떻게든 사주는 사람이었다. 내가 배우고 싶은 게 있을 때 그것을 기꺼이 배우게 하는 사람. 언제 어디서나 그를 필요로 할 때 한걸음에 달려오는 사람. 내가 원하지 않는 일은 무조건 중단시키는 사람. 그게 바로 우리 아빠다.

나는 자주 아빠의 애정을 이용했다. 나의 부탁을 거절하지 못하는 그에게 많은 것들을 주장해 왔다. 그러나 나의 주장은 정당성이 없었다. 대체적으로 이유가 없는 기분에 따른 주장일 때가 많았다. 그게 어떤 모습의 주장이었든 아빠는 무조건적으로 수용하고 포용하는 사람이었다. 나는 오래도록 나의 주장이 당연하다고 생각한 것 같다. 아빠가 언제까지나 내 옆에 있을 거라 확신하지 못하게 된 순간까지 쭉.

언젠가 내가 다시 떠나야 할 때가 올 거라고 생각하자 그때까지는 아빠와의 시간을 최대한 늘이고 싶었다. 진천에 오고 나서 주말마다 꾸준히 아빠와 영화를 봤다. 금요일이나 토요일 중 하루는 아빠와 데이트 하는 날로 정해 영화를 보는 김에 밥도 먹고 커피도 마시고 하는 것이다. 아빠는 영화를 좋아하는 사람이었다. 그러나 그조차도 그가 정말 영화를 좋아하는지 아니면 나와 함께 하는 시간을 좋아하는지 정확히 알 수가 없었다.

주말에 일이 생기면 나는 내 일을 평일로 앞당기

거나 미룰 때가 많았다. 아빠가 그 시간을 기다린다는 것을 알고 있어서 아빠를 실망시키기 싫었다. 어떤 날은 허탕을 치고 영화관에서 그대로 돌아 나온 적도 있었다. 일주일마다 꼬박꼬박 영화를 보다보니 모든 영화를 다 봐서 볼 영화가 없었던 것이다. 그래서 밥만 먹고 돌아온 적도 여러 번 있었고 가끔은 독립영화나 예술영화, 다큐멘터리 등을 본 적도 있었다. 나는 특히 아빠와 독립영화를 볼 수 있다는 게 좋았다. 그런 영화들을 보고 진지한 대화를 나눌 수 있다는 게 좋았다. 대화를 하다보면 나는 종종 깜짝 놀라곤 했는데 아빠의 사고가 생각보다 유연하고 세련되어서 그랬다. 그가 나름대로의 철학을 가지고 있는 사람이라는 걸 알게 될수록 나는 그에게 더 많은 얘기들을 들려주고 싶었다.

부모, 더군다나 아빠와 딸의 관계는 도무지 어려운 것이다. 물론 나와 아빠의 관계는 어느 시절이나 좋았다고 말할 수 있지만 내 주변의 친구들은 그렇지 않았다. 사춘기에 접어들며 그들은 아빠가 무척 어려워져서 대화를 제대로 하지 않는다고 말했다. 그래서 내 친구들은 자주 나를 부러워했다. 나와 아빠와의 관계를. 아빠와 딸이 아니라 연인 같아 보여서 부럽다는 말을 했다. 나는 그 말이 좋았다. 우리의 관계가 그렇게 다정해 보인다는 것이 내심 자랑스러웠다.

그렇다고 해도 부모와 자식 간에 자신들의 사상을 나누기란 무척 힘든 일이었다. 나는 오늘 이런 일이 있었고 기분이 이랬고 하는 말 말고, 내 생각은 이렇고 앞으로 이렇게 하고 싶고 이런 꿈을 가지고 있다는 말은 조금 더 힘이 드는 일이다. 그것이 친구나 연인이라도 쉬운 일은 아니지만 가족이라면 더욱 그렇다. 아빠와 내가 영화로 인해 그런 대화들을 나누게 되고 서로를 조금 더 깊이 알아갈 수 있게 된 경험은 꽤 멋진 일이었다.

아빠에 대한 이미지는 거의 어린 시절의 어떤 장면들로부터 이루어졌는데 그런 장면은 특별하거나 놀라운 것이 아니라 그냥 소소한 장면들이었다. 그것들은 내 정서를 만들고 아빠에 대한 인상을 만들었다. 내가 보는 아빠의 모습은 무수히 겹쳐진 그런 장면들의 투사일지도 모른다. 아빠와 다툰 날이나, 아빠가 미워 보이는 날에도 나는 아빠가 나를 사랑한다는 사실만큼은 인정하지 않을 수가 없었다. 내가 보는 아빠는 언제나 나에게 향해있는 사람이었다.

아주 어릴 때, 그러니까 내가 산타가 실제로 있다고 믿었던 시절에 아빠는 크리스마스 새벽에 내 머리맡에 선물을 놓아두는 사람이었다. 언젠가 아빠는 직접 산타 분장을 하고 유치원에 와서 모든 아이들에게 선물을 나눠준 적이 있다. 단지 내게 선물을 주고 싶었기 때문에. 내가 산타 분장을 한 아빠에게 선물을 받는 사진이 아직도 보관되어 있는데 나는 20대가 되도록 그 산타 할아버지가 우리 아빠였다는 걸 몰랐다. 엄마가 그 사진을 보던 내게 사실을 말해주지 않았다면 영영 몰랐을 일이다.

다사다난한 시간들을 보냈다고 생각한다. 가족들에게 여러 가지 어려움이나 불행한 일도 많았다. 그러나 내가 힘든 시간들 속에서도 명랑하고 다소 낙천적인 성향을 갖게 된 것은 모두 그런 장면들 때문이었다.

기억에 오래도록 남는 특정한 장면들. 특별하진 않지만 내게 어떤 중요한 정서를 심어준 장면들 말이다. 그것들은 살 수 없고 배울 수도 없다. 그것들은 그저 자연스럽게 내 속으로 스며들었다. 그 작은 장면들이 나를 만들고 나를 키웠다.

지금도 유년의 정서는 나를 있게 하고 나를 살아가게 한다. 불판을 치우고 고집스럽게 무거운 것을 들으려 하는 아빠는 그 옛날 나를 위해 모욕을 받아내고 유치원에서 모두에게 선물을 나눠주는 산타 할아버지의 모습과 닮았다. 아빠가 내게 주는 다정함이 여전히 나를 키우고 있다.

신식 여성으로서의 삶

안승금, 1958년생

엄마는 내게 자주 도대체 너는 누구를 닮았는지 모르겠다고 말했다. 나는 한마디로 '종잡을 수 없는 애', '알 수 없는 애' 였다. 다른 사람들은 모르겠지만 우리 엄마는 나를 그렇게 생각했던 것 같다.

내가 하고 있는 일만 봐도 그랬다. 우리 집안(친가와 외가를 전부 합친)에 예술적인 재능을 갖고 있거나 그런 일을 하는 사람은 없었다. 물론 그 위로 더 거슬러 올라가면 어떨지 모르겠으나 나와 우리 부모님이 기억하는 사람들은 그랬다.

또 나는 어떤 면에서는 정석적이고 완고한 엄마와는 달리 좀 얼렁뚱땅하고 허당인 면이 있었고 느긋하고 여유로운 아빠와는 달리 치밀하고 계획적인 면이 있었다. 그래서 엄마는 내가 하는 일의 대부분을 예상할 수가 없었고 그 중에 서로가 어떤 연관성도 없는 일들이 허다했기 때문에 나는 엄마를 자주 놀라게 했다. 갑자기 말도 없이 외국으로 떠나 버린다거나 새로운 일을 시작한다거나 그만둔다거나 뭘 배운다거나.

나는 어릴 때부터 그림 그리고 책을 읽는 걸 무척 좋아했는데 그게 어디서 보고 배운 게 아니었다는 것도 엄마가 이상하게 여긴 점 중에 하나였을 것이다. 내가 기억하는 한 우리 가족 중에 책을 좋아하는 사람은 없었다.

반면에 나는 책읽는 걸 좋아했고 용돈이 생기면 서점에 가서 책을 한 권씩 사오는 게 좋았다. 물론 우리 집에도 여느 집처럼 과학 전집이니 역사 전집, 백과사전 같은 두꺼운 세트의 책들이 많았지만 그런 책들은 거의 꺼내 보지 않은 채 장식품이 되어갔다. 그 외에도 세계 명작 동화, 어린이 소설 등 방의 한 쪽 면이 전부 책으로 꽂혀 있을 만큼 엄마는 자녀들의 책 욕심이 많았는데 그런 모습이 어쩌면 내게 독서에 대한 영향을 주었을 지도 모르겠다는 생각을 한다.

엄마는 내가 누구를 닮았는지 모르겠다고 했지만 나는 자주 내 예술적인 성향이 엄마를 닮았을 거라고 생각했다. 유년 시절에 나는 엄마와 보내는 시간이 많았는데 그때 엄마는 작은 옷가게를 하나 운영하고 있었다. 나는 학교가 끝나면 거기서 밥을 먹고 TV를 보고 책일 읽고 종일 시간을 보냈다.

내가 기억하는 모습은 엄마가 틈날 때마다 뜨개질을 하고 있었다는 것이다. 엄마는 뜨개질로 내 옷을 만들고 가방을 만들고 모자를 만들어 주곤 했다. 나는 엄마가 만들어 주는 옷과 소품들을 좋아했는데 그것들이 만들어지는 과정을 지켜보는 것도 퍽 즐거웠다.

엄마가 만들어 준 것들은 세상에 하나뿐이었으므로 나는 그것들을 입는 게 자랑스러웠다. 우리 엄마가 다른 엄마들은 하지 못하는 일을 할 수 있다는 것이 뿌듯했고 그것들을 내가 직접 입는 것은 엄마에 대한 자부심이었다.

엄마는 내게 특별히 뭔가를 하라고 하지는 않았지만 내가 하고 싶다는 것들은 어떻게든 하게 해주는 사람이었다. 초등학교에 입학하자마자 나는 발레가 하고 싶었고 엄마는 학교에 발레반을 만들자고 건의해서 학교에 최초로 무용부가 만들어졌다. 후에 우리 무용부는 전국 무용 콩쿠르에 입상하는 성과도 얻었다.

그 외에도 가야금, 수영, 피아노 등을 배우며 꽤 다채롭고 활기찬 유년 시절을 보냈다. 아마 그 시절의 경험이 없었다면 나는 지금처럼 자유롭게 직업을 선택할 수는 없었을 것이다. 그러니 유년 시절 엄마가 지원해준 교육은 현재와 미래의 인생을 개척하는 데 상당한 도움이 되고 있는 것이다.

또 엄마는 학교에서 내주는 숙제들 (특히 그리기나 만들기)을 자주 도와줬는데 내가 보기에 엄마는 완전히 전문가였다. 그림과 글에 소질이 있었는데 엄마는 나와 오빠의 숙제를 도와줄 때만 그 능력을 활용했기 때문에 정작 자신에게 그런 소질이 있는지 몰랐다.

지금도 엄마는 자신이 손재주가 없다고 생각하지만 내가 느끼는 엄마의 재능은 대부분 손에서 시작되는 것이었다. 그림이나, 글, 만들기, 요리가 그렇다. 때로는 자신이 뭘 좋아하고 잘하는지에 대해서 스스로가 모르는 경우가 있는데 우리 엄마의 경우가 그랬다.

옷에 관심이 많았던 엄마는 옷가게를 운영하며 나를 예쁘게 입히고 꾸몄다. 엄마는 자주 서울을 오가며 가장 예쁘고 우아한 옷들을 내게 입혔는데 그 때문에 나는 종종 학교 친구들이나 언니들에게 질투를 받았다. 일부러 엄마가 골라준 옷을 입지 않고 학교에 간 적도 있었다. 나는 최대한 평범하고 소박한 옷을 입고 학교에 가고 싶었다. 엄마의 스타일링은 작은 시골에는 어울리지 않게 나를 지나치게 세련되어 보이게 했다. 어쩌면 후에 내가 옷에 관심이 많아진 이유나 모델이 된 이유 역시 엄마의 영향 때문일지도 모르겠다고 생각한다.

엄마에게 물려받은 것 중 가장 나를 특징 있게 만든 것은 감성이었다. 엄마는 내부나 외부의 자극에 민감하고 잘 느끼고 변화하는 사람이었다. 그래서 감정적일 때가 많았지만 그 때문에 자식들에게 헌신적인 사람이었다. 만일 엄마로서의 특징 하나를 꼽으라고 한다면 나는 엄마가 자식에게 매우 희생적인 사람이라고 말하겠다. 가끔은 자식에 대한 욕심이 과할 때도 있었지만 자식에 대한 관심과 사랑만큼은 내가 감히 할 수 없는 일 중에 하나였다.

잘못한 일에 관해서는 굉장히 엄격했는데 때로는 그런 단호함이 나를 서운하게 만들었다. 그러나 나를 올바른 사람으로 키우고자 하는 그녀의 확고한 의지 때문에 나는 사는 동안 계속해서 바른 것과 그릇된 것 사이에서 나만의 건전한 도덕적 가치를 지키기 위해 맞서야만 했다.

내가 유난히 동정심과 연민이 많은 것은 엄마의 감성적인 성향 때문이라고 생각하는데 이런 감정은 나를 자주 곤란하고 혼란하게 했다. 특히 연민의 감정을 느낄 때는 꼭 죄책감이 함께 동반됐고 어떤 이들의 불행 앞에 나의 행복이 사치스럽게 느껴져서 그것이 좀 고통스러웠다.

나는 어릴 때부터 감정이입이 빨라서 남들의 감정에 쉽게 동요됐다. 그만큼 미안함이나 죄책감, 수치심 같은 것들도 많이 느낄 수밖에 없었고 그 때문에 하루에도 몇 번씩 우는 날이 많았다. 어떤 말을 하기도 전에 눈물이 먼저 흘러 하고자 하는 말을 제대로 하지 못하는 경우도 잦았다. 이건 내가 가장 싫어하는 나의 부분으로 사람들에게 너무 감정적인 사람으로 비춰지는 게 싫었다.

이런 감정소모는 개인적으로도 나를 지치게 했기 때문에 한동안은 나를 뒤흔드는 종류(동정이나 연민을 유발하는)의 모든 방송을 부러 보지 않았다. 그것이 조금 나아졌다고 생각했을 때 우연히 마주친 어떤 장면들은 또다시 마음을 뒤흔들어 놓고 나를 울리기 일쑤였다.

실제로 예전에 받았던 어떤 검사에서 나는 공감

능력이나 희생의 영역이 최고치의 점수를 받아서 선생님을 놀라게 한 적도 있었다. 그러니 수치상으로도 명확히 보이는 나의 성향은 싫어한다고 없어질 수 있는 것이 아니었다.

불편한 점이 많은 건 사실이지만 좋은 점도 있었다. 연기를 전공할 때가 그랬다. 감정 이입이 빠른 것은 내가 남들보다 쉽게 어떤 역할에 몰입할 수 있다는 얘기였다. 연기를 할 때는 나의 그런 점이 강점이 됐다. 그건 머리로 할 수 있는 일이 아니라서 감성이 풍부한 사람은 저절로 더 빠르게 연기에 몰입할 수 있었다.

엄마는 엄마의 많은 부분을 내게 물려줬다. 그러나 그녀가 물려주지 않으려 안간힘을 썼던 게 하나 있는데 그건 집안일이었다. 엄마는 내게 집안일을 시킨 적이 거의 없다. 요리며 청소며 내게 요구한 적이 없었다.

집안의 제사를 지낼 때는 엄마 혼자 그 많은 요리들을 했다. 몇 십 년 동안이나 묵묵하게 혼자 그걸 다 해낸 것이 나는 아직도 믿기지가 않는다. 뭐 도와줄까? 하고 물어보면 없다고 대답한 뒤 엄마는 혼자 음식 준비를 한다. 그 과정을 옆에서 지켜보면서도 제사상에 음식들이 하나하나 올라갈 때마다 나는 믿을 수 없었다. 이제는 음식을 사서 제사를 지내자고 제안해 봐도 엄마는 그냥 자기가 하는 게 좋겠다고 말을 한다. 음식은 정성이 아니겠냐면서.

엄마는 요리를 무척 잘하는 편이다. 한식, 양식 조리사 자격증을 갖추고 있고 전문 식당에서만 먹을 법한 요리를 척척 해낸다. 레시피도 없이 그냥 한 번 보면 그대로 음식을 재현해 낸다. 그래서 어떤 음식점에 가도 엄마의 음식처럼 맛있는 것을 찾기란 정말 힘든 일이었다. 엄마한테 요리를 배우려고 몇 번 시도해 보았지만 엄마는 요리를 가르쳐 주지 않았다. 어차피 때가 되면 질리도록 할 일인데 왜 지금부터 하려고 하냐며. 요리는 배우지 않아도 다 하게 돼 있다고 말했다.

그밖에도 엄마는 대부분의 집안일을 내게 시키지 않았는데 빨래를 넌다거나 먼지를 턴다거나 그 정도를 제외하고는 혼자 집안일을 했다. 그걸 보고 언젠가 할머니는 엄마에게 딸에게 집안일을 시키지 않는다고 화를 냈다. 그렇게 곱게 키워 뭘 할 거냐고.

그래도 엄마는 끝까지 내게 집안일을 시키지 않았다. 나는 그렇게 엄마에게서 곱게 자랐다. 시골에서는 볼 수 없는 가장 세련된 옷을 입고 가장 예쁘게 머리를 땋고 자기 전이나 아침에 일어날 때 마사지 같은 걸 받았다.

그렇게 키우기 힘들지 않았느냐고 엄마에게 물어본 적이 있는데 그땐 그냥 내가 너무 예뻐서 힘든 줄도 몰랐다고 한다. 그래서 지금은? 하고 물으면 지금은 징그럽지! 하면서 깔깔 웃는 엄마의 웃음에서 나는 조금의 서운함을 본다. 내가 이렇게 빨리 클 줄은, 순식간에 시간이 지나갈 줄은 몰랐을 테니까.

내가 조그마했을 때, 엄마 밖에 모르고 하루 종일 따라다니며 조잘조잘했을 때, 그 시절을 엄마는 가끔 그리워하는 것 같다. 그런 순간은 늘 빨리 지나간다. 우리는 그리워질 순간들을 잘 알지 못한다. 지나고 나서야 그 때가 참 좋았다고 기억으로 평가하게 된다.

과거야 어떻든 간에 당시에 엄마에게 가장 중요했던 것은 딸의 미래였다. 바르고 예쁘게 자라길 바라는 마음, 원하는 것을 이루길 바라는 마음, 사랑하는 사람과 행복하길 바라는 마음…… 엄마는 내가 성공적인 삶을 살길 바랐을 거다. 그것이 어떤 삶인지는 알 수 없으나 엄마의 지나온 삶을 비추어 자신이 겪은 부당한 것과 괴로운 것을 피해가길 바랐을 거다.

그 중 하나가 집안일이었을 거고. 자신이 결혼과 동시에 포기해야 했던 많은 것들을 나만큼은 겪지 않았으면 하고 바랐을 거다.

엄마는 집안일을 하면서도 자신의 일을 하는 신식의 여성이었다. 그 때문에 그 시절에 여자로서 받아야 했던 부당함은 그녀를 괴롭게 만들었을 것이다. 그녀를 떠올릴 때 가정적인 차분한 엄마의 모습보다는 대차고 활동적인 모습이 그려지는데 그것도 엄마에게 물려받은 내 기질 중에 하나라는 생각을 한다. 엄마가 가지고 있는 일정 부분의 남성성을 나도 똑같이 가지고 있는 것이다.

어릴 때부터 엄마가 강조하던 것은 하고 싶은 일을 하고, 하고 싶은 대로 살라는 거였다. 그 때문에 나는 지금 내가 하고 싶은 일을 하고, 하고 싶은 대로 살고 있는데, 만약 엄마의 그런 내적인 지지가 없었다면 나는 과연 이 인생을 살 수 있었을지 의문이 든다. 내 선택을 함부로 평가하지 않았다는 것, 내 선택을 그대로 받아들였다는 것, 그것이 내게는 가장 큰 감사와 축복이다.

어쩌면 엄마는 죽을 때까지 나를 예측할 수 없을지도 모른다. 또 어떤 선택을 하고 어떤 일로 놀라게 할지 엄마는 아직 모른다. 나 또한 모른다. 그러나 시시각각 변하는 나는 여전히 엄마를 닮았다. 어떤 삶을 살든 내가 엄마로부터 왔다는 사실은 틀림없는 진실이다. 그러니 나는 엄마가 내게 준 것 그 이상 그 이하도 아니다. 나는 엄마의 삶, 정확히 그곳으로부터 삶을 살고 있다.

우리 오빠라서

김성배, 1985년생

두 살 위로 오빠가 한 명 있다. 오빠는 굉장히 미남이어서 어릴 때 여자 친구들에게 인기가 많았다. 발렌타인 데이에 초콜릿을 한아름 안고 오면 그걸 먹는 건 나였다. 그러면서 오빠는 인기가 이렇게 많은데 난 왜 인기가 없을까, 왜 나한테는 초콜릿을 주는 남자애가 없을까, 그런 고민들도 함께 했던 것 같다.

나는 여자 형제가 아닌 오빠가 있어서 인형놀이처럼 정적이고 차분한 놀이보다는 활동적이고 위험한 장난을 치며 자랐다. 장롱에 올라가서 바닥으로 뛰어내린다거나(도대체 그 위에는 어떻게 올라갔는지 모르겠다) 같이 씨름이나 레슬링을 한다거나, 물구나무를 서고, 문을 양발로 타고 올라가는 등 남자애들이나 할 만한 그런 놀이들 말이다. 높은 곳에서 뛰어내리다가 발목이 삐거나 물구나무를 서다가 갈

비뼈가 나가는 일은 다반사였다. 그럼에도 불구하고 우리의 놀이는 계속됐는데 나는 그 시절에 오빠랑 놀고 싶어서 무조건 오빠가 하는 놀이를 다 따라했던 것 같다.

한번은 함께 피아노 학원에서 수업을 마치고 나오는데 밭에 엄청나게 큰 호박들이 열려있기에 오빠가 그걸 같이 가져가자고 말했다. 큼직한 호박 한 개를 서리해서 같이 집까지 끙끙대고 들고 갔다가 엄마에게 야단을 맞은 기억도 난다.

왜인지는 모르겠지만 나는 오빠를 무척 좋아했다. 나는 오빠를 좋아하는 마음을 자꾸만 티를 냈고 오빠는 그걸 완강하게 거부했다. 그래서 내가 오빠를 졸졸 쫓아다니면 오빠는 자꾸만 나를 피해 도망 다니는 상황이 일상이었다.

오빠와는 같은 초등학교를 다녔는데 등교할 때 내가 슬쩍 오빠 손을 잡으면 오빠는 그걸 뿌리치고 멀찌감치 달려 나갔다. 그러다가 언제부턴가는 나보다 학교에 먼저 가기 위해 밥을 후다닥 먹고 나가버리기 시작했다. 오빠는 나에게 다정하거나 친절한 사람은 아니었고 오히려 좀 까칠했는데 그런 오빠의 반응이 재밌어서 일부러 더 오빠를 쫓아다닌 것도 같다. 하루는 피아노 학원에서 나를 괴롭히는 남자애들이 있다며 오빠에게 일렀는데 오빠는 무관심했고 심지어 걔네들을 혼내지도 않고 잘 지내기에 나는 그게 서러워 엉엉 울었다.

오빠는 내게 무뚝뚝해 보였지만 속까지 무관심한 사람은 아니었다. 성인이 되고나서도 나는 오빠가 놀러나갈 때마다 같이 가겠다고 어리광을 부렸는데 대부분은 오빠가 거부하거나 몰래 도망가는 바람에 무산됐지만 가끔씩은 내 요구를 들어주기도 했다.

오빠 친구들과의 술자리에서는 오빠가 내 술을 대신 먹어줬다. "얘 술 못 먹어" 라고 툭 내뱉고는 언제나 내 술을 대신 먹었다. 또 언젠가 내가 집에서 혼자 엉엉 울고 있는데 왜 그러냐고, 무슨 일이냐고, 내가 네 오빠인데 네가 속상한 일은 나도 알아야 되지 않겠냐며 나를 달랬다. 가끔 보는 오빠의 그런 모습은 나를 든든하게 했다. 과묵하고 무뚝뚝하긴 했으나 내가 어떤 요구를 하면 오빠는 거의 들어주는 사람이었다. 오빠 물건 중에 갖고 싶은 게 있다고 하면 오빠는 망설이지 않고 바로 내게 주었다. 대학교에 올라갈 때 집에서 함께 쓰던 컴퓨터를 가지고 가겠다고 하자 기꺼이 그러라고 양보한 사람이다.

그러고 보면 오빠는 살면서 거의 모든 걸 내게 양

보한 사람이다. 나는 욕심이 많아서 울고 징징대고 어리광을 부리며 오빠의 몫을 빼앗아갔다. 그러나 오빠는 한 번도 그것에 대해 서운해 하거나 나를 혼내지 않았는데 그 때문에 오빠의 몫은 점점 줄어갔다. 그럼에도 오빠는 자신의 몫이 없어질 때까지 계속해서 제몫을 내게 나눠주는 사람이었다.

오빠는 아기 때부터 그랬는데 어릴 적 사진을 보면 오빠가 나를 안고 활짝 웃고 있는 사진이 많다. 나를 무척 귀여워했다고 한다. 내가 너무 예뻐서 계속 나를 쳐다보다가 계단에서 굴러 떨어질 뻔한 일화는 유명하다.

오빠는 내가 태어나고 단 한 번도 나를 질투한 적이 없었다. 오히려 내가 예뻐서 어쩔 줄 몰라 하며 행복해 했다고. 그렇게 사랑을 받으며 자랐으니 내가 오빠를 좋아하는 이유는 어쩌면 당연할 수도 있겠다. 그런 오빠에게 나는 정당한 그의 몫을 빼앗고 계속해서 요구한 것이다. 내가 하고 싶고, 갖고 싶은 게 우선이었던 나는 오빠가 뭘 하고 싶고, 뭘 갖고 싶은지는 생각해보지 못했다. 내가 할 말이 늘어나고 주장이 많아질수록 오빠는 말이 줄어들고 내게 양보하는 날이 늘어갔다.

오빠를 사랑하는 만큼 나는 미안함이 많다. 지금

은 내 몫을 오빠에게 주고 싶다는 생각을 한다. 그는 기꺼이 내 것을 나누어 줄 수 있는 사람이다. 별 욕심 없이 즐겁게 살아갈 수 있는 것은 오빠에게 배운 미덕이라고 생각한다. 양보하는 것, 나눠주는 것이 내 삶을 얼마나 풍요롭게 만드는지 그런 걸 나는 오빠에게서 배웠다. 오빠가 있다는 것만으로도 나는 마음의 든든함을 느낀다. 오빠를 생각하면 자랑스러운 동생이 되고 싶다는 생각이 든다.

내게 오빠가 있다는 게 얼마나 다행인지 모른다. 언니가 아니고 동생이 아니고 오빠라서.

우리 오빠라서.

알지 못하는 삶

이현옥, 1916년생

할아버지에 대한 기억은 전혀 없다. 내가 태어나기 전에 돌아가셨기 때문이다. 그러나 엄마, 아빠의 말에 의해서 만들어진 내 나름대로의 할아버지의 이미지는 있다. 할아버지는 1912년에 태어나 6.25 전쟁 때 이북에서 남한으로 넘어왔다. 그리고는 진천에서 터를 잡아 새로운 생활을 시작하셨다. 전쟁 통에 가족들과 헤어지고 할아버지는 여기서 우리 할머니와 재혼을 했고 아이들을 낳았다.

엄마는 할아버지를 자주 호인이라 회상했다. 만약 할아버지가 나를 만났다면 무척이나 아껴주셨을 거라고. 엄마에게 늘 친절하셨다고 한다. 특히 아기였던 우리 오빠를 아주 예뻐하셔서 잘 돌봐주시기도 했다고.

반면에 할머니에 대한 기억은 아주 선명하다. 우

리 할머니는 불과 2년 전, 102살의 나이로 돌아가셨다. 돌아가시기 전 몇 년을 제외하면 할머니는 굉장히 정정하셨다. 사실 신체적으로는 돌아가실 때까지도 꽤 괜찮았다는 생각이 든다.

할머니는 몇 년 전부터 치매를 앓았는데 인생의 마지막 시점에 이르러서는 거의 모든 것을 잊었다. 할머니는 치매에 걸리고 나서 굉장히 온순하고 조용한 편이었는데 그 점은 우리 가족들 모두를 놀라게 했다.

내가 할머니를 떠올리면 가장 먼저 드는 인상은 '괴팍하다' 인데 어릴 적부터 나는 할머니가 무서웠다. 어떤 얘기를 할 때 조근조근한 법이 없고 늘 신경질적이라는 느낌을 받았기 때문이다. 할머니는 늘 화가 난 것처럼 보였고 그래서 할머니랑 대화할 때는 나도 조금 화가 난 척을 했던 것 같다.

친구 중에 남자 아이들이 집에 놀러오면 할머니는 대노하며 친구들을 쫓아냈다. 할머니의 눈에 여자와 남자는 절대 함께 어울려서는 안 되었던 것이다. 할머니는 1910년도 사람으로 실제로 전쟁을 경험한 사람이었다. 할머니가 갖고 있는 사상과 내 사상 사이에는 단순히 우리가 갖고 있는 나이 차이로는 매길 수 없는 거대한 장벽이 세워져 있었다.

할머니와 나는 딱히 좋았다 할 만한 관계를 가져 본 적이 없다. 나 역시 할머니를 대할 때 습관처럼 괴팍하고 신경질적이었다. 할머니는 때때로 정리를 한다는 목적으로 내 물건들을 버렸고 그 일로 종종 싸우게 되면 한 번도 미안하다고 말을 하는 법이 없었다. 그런 사람이었다 할머니는.

어떤 실수를 하더라도 인정하는 법이 없고 늘 발뺌을 했다. 물론 그 땐 내가 어려서 그랬는지 몰라도 할머니의 그런 점은 내게 훨씬 더 심각하게 다가왔다. 할머니와는 아무 것도, 아무 얘기도 하고 싶지 않았다. 가끔씩 할머니와 관계가 좋은 친구들은 보면 그저 신기했다. 할머니와도 그런 관계가 될 수 있다는 게. 그 때까지 내 세계에서는 존재하지 않는 일이었고 그래서 나는 이해할 수 없었다.

그나마 우리의 괜찮은 시절이라고 한다면 할머니가 치매에 걸리고 나서일 것이다. 할머니는 정말로 완전히 다른 사람이 되어 있었는데 늘 소리를 지르고 호통을 치던 사람이 이제는 세상에서 가장 온순한 사람으로 바뀌어 있었다.

그때 난 생각했다. 사람이 기억을 잃는다는 건, 자기 자신을 잃어버리는 일이라고. 우리가 영원불변하리라 그토록 철석같이 믿고 있는 '나'라는 존재는 그저 기억의 집합체에 불과하다고. 그리도 고약해 보이던 할머니의 변화를 바라보며 기억이 바뀌면 사람도 함께 변하게 되는 거라고 내내 생각했던 것 같다.

그전까지는 할머니와 오랫동안 함께 지내면서도 할머니가 웃는 모습을 본 적이 없었다. 아마 웃는 모습을 본 적이 없다고 스스로 생각했던 것일 테지만. 하여튼 나는 할머니가 웃을 줄 모르는 사람이라고 줄곧 생각해왔는데 치매에 걸린 할머니는 무척 자주 웃었다.

나는 180도 달라진 할머니를 마주할 때면 자주 아득해졌는데 그동안 내가 알던 할머니가 아니어서 그것이 너무 낯설어서 그랬고, 과거에 할머니와의 관계나 사건들이 한순간에 휘리릭 휘발돼 버리는 느낌이 들어서 그랬다.

뒤바뀐 할머니의 모습과 태도는 그동안 유지되던 우리의 관계를 지속시키지 못했다. 나는 그런 할머니의 모습 앞에서 더 이상 까칠한 손녀를 흉내 내려 하지 않았다. 이상하게도 할머니가 과거를 기억하지 못한다는 사실은 나에게 더 이상 할머니를 미워할 수 없게 만들었다. 기억이 바뀌면 본인만 변하는 것이 아니라 그것을 알고 있는 다른 사람에게도 적용된다는 사실은 좀 놀라웠다.

스무 살이 되면서 나는 타지에 계속 머물러 있었기 때문에 자연스레 할머니와의 만남도 줄어들었다. 성인이 되고 점점 집에 오는 횟수가 줄고 그러다 혼자 있을 때면 문득 어떤 기억들이 떠오르기도 했는데 그것들은 나를 몹시 안타깝게 만들었다.

이를테면 부모님이 집에 안 계실 때 내 밥을 차려주었다거나 시장에 다녀오면서 떡볶이나 호떡 같은 간식들을 사와서는 내 앞에 무심하게 툭 내려놓는다거나 아니면 때때로 용돈을 쥐어주거나 했던 기억들 말이다. 그러나 그럴 때에도 할머니는 내게 화를 내는 것처럼 보였는데 나는 당시에 할머니가 정말로 화를 내고 있다고 믿었기에 나에 대한 할머니의 모든 관심이 너무나 싫었다.

할머니가 돌아가신 뒤 어느 날 나는 완전히 잊혀졌던 기억 하나를 문득 떠올리게 되는데 그것은 나를 서럽게 만들었고 한참을 울게 했다. 내게 자전거를 타는 법을 처음 알려준 사람이 바로 할머니였던 것이다.

할머니는 두려워하는 내게 걱정 말라고, 내가 뒤에서 꼭 잡고 있다고 말을 해준 사람이었다. 할머니의 그 말을 믿었기 때문에 나는 태어나서 처음으로 자전거를 탈 수 있었고 새로운 경험 안으로 진입할 수 있었다. 언젠가 할머니와 다정한 시간을 보냈다는 것이 나를 무척 서글프게 만들었고 왜 우리는 달라지게 되었는지, 어째서 우리는 미움을 갖게 되었는지, 어디서부터 어디까지 잘못되었던 것인지 알 수 없어 허망함이 밀려들었다.

나는 할머니가 돌아가실 때 울지 않은 유일한 사람이다. 일가친척들이 모두 모인 장례식장에서, 십 년 만에 처음 보는 친척들도 모두 울고 있을 때 할머니와 근 20년을 함께 살아온 나는 눈물을 흘리지 않았다. 왜냐하면 눈물이 나지 않았기 때문이고 슬프지 않았기 때문이다. 같이 살고 있으면서도 우리는 그만한 교감조차 형성되지 못한 관계였던 것이다. 다만 나는 할머니의 임종을 지켜봤던 유일한 두 사람 중 하나였기 때문에 조금 다행이라는 생각은 했다. 그래도 마지막을 지켜봤으니 다행이라고. 할머니는 정말 편안하게 떠났다. 마지막에 조금 숨을 가쁘게 들이쉬고는 고통 없이 생을 마감했다.

내가 지금껏 생에서 죽음을 목격한 것은 딱 두 번뿐인데, 모두가 편안해 보였고 그래서 나는 죽음을 생각할 때 슬프거나 괴로움을 떠올리지 않는다. 생과 사가 나는 결국에는 똑같은 것이라고 생각할 때가 많았다. 죽음은 그저 육체의 변화일 뿐이고 아무 것도 달라지지 않았다고. 아무 것도 사라지지 않았다고. 기억이 존재하는 한, 우리는 아무 것도 잃지 않았다고.

그 때, 잊혀진 기억이 떠오르는 바람에 내가 한순간에 할머니에 대한 애정이 샘솟았다거나 내 잘못을 깊이 뉘우치고 할머니를 사랑하게 되었다는 말을 하고 싶지는 않다. 그건 거짓말일 테니까. 다만 이제 더 이상 10대 시절처럼 할머니를 원망하고 미워하지는 않는다. 할머니의 '화'가 자신에게는 나름대로 하나의 소통 방법이었을 거라는 짐작도 해본다. 어떤 사람에게는 미안해, 고마워, 라는 말이 무척 힘들 수도 있겠다는 생각을 하면서.

한 때는 참 미워했던 사람이, 절대 잊히지 않을 것만 같던 사람이 막상 떠나고 나니, 그 사람이 실제로 내 인생에 존재하긴 했었던가? 하는 의문이 자꾸만 생긴다. 그 사람이 있었다가 없어진 게 아니라 마치 처음부터 존재하지 않았던 것 같은 착각이 들곤 하는 것이다.

1916년생 이현옥.

이것이 내가 할머니에 대해 아는 전부이다.

생전에 할머니가 무엇을 좋아했는지, 내가 태어나기 이전에 어떤 삶을 살았고 또 그 이후로 어떤 생각을 하고 살아왔는지, 무엇을 하고 싶었는지. 나는 할머니의 인생에 대해서는 전혀 알지 못한다.

어린 시절 내게 호통을 치던, 그저 무서워만 하던 그 사람이 어떤 길을 걸어왔는지 알지 못한다. 만약 내가 할머니에게 그런 이야기들을 물어봤다면 우리의 관계가 조금은 달라졌을까? 그랬다면 나는 지금 할머니의 인생 이야기를 꺼내 기꺼이 내 책의 지면에 할애할 수도 있을 것 같다. 그러나 할머니의 이야기를 한 번도 들어본 적 없다는 것은 가끔 나를 서글프게 한다.

옛날에 너는

너는 언젠가 내게 우리의 미래에 대해 물었다. 나는 전혀 모르겠다고 답했다. 불확실한 것들, 내가 통제할 수 없는 것들에 대해서는 무엇도 알 수 없다고.

그러나 어쩌면 그 때 내가 나의 소망을 말했다면 어떨까 생각한다. 내가 너와 하고 싶은 것, 내가 원하는 우리의 것들에 대해 말했다면 그것이 조금은 예쁜 기억으로 남아있지 않았을까. 그런 생각을 한다.

그게 현실이 되든 아니든 간에 그때는 그런 게 필요하지 않았을까 생각한다. 네가 그런 대답을 듣길 원하지 않았을까. 그냥 네가 원하는 그런 말들을 해줄 수 있었을 텐데 하고 생각한다. 뜬구름 잡는 얘기였을지 몰라도 나는 그런 말들을 너에게 해주었어야 한다고 생각한다.

13년 만에 보내는 편지 1

우리는 그때 마지막 작별인사를 하고 있었다. 너는 미동도 않고 바위처럼 침대에 누워 있었고 나는 그런 너를 마지막까지 가만히 지켜만 보았지. 나는 끝끝내 잘 가, 하는 상투적인 인사조차 하지 않았는데 지금 생각해보면 그 말, 그 한마디를 하지 못한 게 가장 후회가 되더라.

2006년, 한여름에 너는 죽어버렸다. 그 때 너는 겨우 20살이었는데.

갑작스런 너의 사고는 순식간에 내 인생을 완전히 뒤바꿔 놓았다. 나는 다니던 학교를 자퇴하고 한동안 집에만 틀어박혀 아무것도 하지 않았어. 먹지 못했고 보지 못했고 생각할 수 없었으니까. 할 수 있는 것은 단지 잠을 자는 것이었는데 나는 사람이 이렇게 오랫동안 잠을 잘 수 있다는 사실을 그 때 처음으로 알게 되었어. 한 달 정도는 늘 네 꿈을 꿨다. 꿈에서 우리는 평범하게 데이트를 했어. 그저 너무 평범했기에, 깨어나면 그 평범함을 가질 수 없다는 것이 나를 무척 괴롭게 했지. 그럴수록 나는 필사적으로 자는 일에 매달렸고 먹고 씻는 시간을 제외하면 하루 20시간 이상을 잠으로 보냈어.

내가 너의 죽음으로부터 벗어나기까지는 아주 오랜 시간이 걸렸다.

너를 처음 만난 건 고등학교 2학년 때. 기억나니? 우린 과학 수업 두 개를 함께 들었고 그로부터 졸업까지 과학 시간마다 만났잖아. 어떤 이유에선지 너를 처음 만났을 때부터 나는 너에게 끌렸고 아주 오랜 시간이 지난 뒤에야 그런 끌림에 대한 해답을 조금이나마 얻을 수 있었지.

"그에게 그토록 매료당했던 것은 그의 깨끗한 품성, 다정한 배려, 아름다운 영혼을 넘어서, 죽음의 예정에서 풍기는 어떤 종류의 절심함 때문이 아니었을까."

우연히 보게 된 김윤아의 글에서 나는 너에게 그토록 매료당했던 이유를 내가 어찌할 수 없는 '운명' 에게 조금 나누어 줌으로써 너의 죽음을 조금씩 받아들일 수 있게 되었어. 그런 그녀의 가설이 사실인지 아닌지는 모르겠지만 내게 위로가 되었던 것만은 사실이었지.

너는 축구를 무척 좋아했고 나는 점심시간마다 조회대에 올라가 네가 축구하는 걸 지켜보곤 했는데 이건 내가 학창시절을 떠올릴 때 여전히 가장 예쁘고 설레는 기억으로 남아있어.

우리는 졸업을 했고 서로 다른 대학으로 진학을 했지. 틈틈이 연락을 하고 가끔 데이트를 하면서 보통의 일상을 보냈어. 첫 학기가 끝나고 여름방학이 시작됐고 나는 20살의 첫 번째 여름이 무척이나 기대가 됐다. 갓 성인이 된, 아니 학생에서 이제 막 어른이 되어가는 그 어귀에서 나는 마냥 들떠있었거든. 방학이 시작되고 얼마 지나지 않은 어떤 밤, 한 통의 전화를 받기 전까지 나는 그랬어.

응급실에서 처음 너를 보았을 때 네 머리는 사정없이 부어 있었어. 교통사고였어. 너는 눈을 뜨고 있었지만 너 자신만 볼 수 있는 다른 세계를 보듯 초점이 없었고 뜸금 없는 소리들을 늘어놓기 시작했어. 서로가 대화를 제대로 이어나갈 수 없는 상황이었지만 너에게 내 이름을 들려주었을 때, 너는 거기에 반응했지.

나 나래야, 하고 말하자 너는 내 이름을 계속 따라 부르기 시작했어.

"나래, 나래, 나래, 나래…"

그것이 너와의 마지막 대화였어. 허무하게도 네가 내 이름을 불러준 것이 끝이었어. 한 달 내내 중환자실로 너를 찾아갔지만 더 이상 너와 대화를 할 수는 없었어. 너는 그 때 아주 곤히 잠든 것처럼 보였고 항상 그랬지. 말하는 쪽은 언제나 나였고 너는 대답이 없었어.

그거 기억나?, 우리 그 때 이랬잖아, 저랬잖아, 빨리 일어나서 축구하러가자.

너는 어떤 미동도 없었지만 그러나 나는 괜찮았어. 네가 일어날 거라는 희망이 있었으니까. 그것도 아주 절대적인 희망. 나는 병원에서 너를 마주하기까지, 아니 마주하고 나서도, 네가 죽기 직전까지도 너의 죽음에 대해서는 한 번도 생각해 본 적이 없었어. '죽음' 이라는 것과 연관 짓기에 너는 너무 어렸으니까. 이런 것쯤은 젊은 시절의 아찔했던 사고로 지나가겠지. 다들 그러니까. 아이러니하게도 그 희망 때문에 오히려 나는 즐거웠어. 이런 사고를 당하고 나니 네가 내게 얼마나 소중한 사람이었는지를 알게 되었고 그래서 나는 불행 속에도 오히려 즐거운 마음으로 병원을 매일 찾아갈 수 있었던 거야.

그러나 너는 결코 완전한 어른이 되지 못했다. 우리가 저마다 각자의 방식으로 어른이 되어가고 있을 때, 너는 홀로 그 곳에 멈춰 있었어. 그리고 내 영혼의 일정 부분도 어떤 모양으로 조각조각 흩어졌다가 다시는 완전하게 재조립되지 못했어. 영영 흩어진 채로 너와 함께 남겨져 버렸으니까.

이 일에 대해 떠올릴 때면 여전히 이상한 기억으로 남는 일이 하나가 있어. 네가 떠나기 전날, 내 꿈에 찾아왔잖아. 너는 중환자실에서 일반병실로 옮겨진 상태로 침대에 앉아 있었고 사고를 당하기 전 온전한 네 모습 그대로였어. 건강해 보였어. 병실에 찾아간 나를 네가 환하게 웃으며 맞아주었고 나는 너무 기뻐서 눈물을 흘렸지. 다 나았다고, 하나도 아프지 않다고, 그러니 이제 걱정하지 말라고.

너의 말에 너무 기뻐 눈을 번쩍 뜨고 나니 정말 나는 울고 있었어. 어서 병원에 가자. 지금 그는 앉아서 나를 기다리고 있어. 눈을 뜨고 내가 오기를 기다리고 있어. 서둘러 준비를 하고 들뜬 마음으로 병원으로 가서 너의 어머니를 찾았어. '아줌마! 꿈! 꿈에서…' 라고 말하는 동시에 너의 엄마가 말했어.

"나래야, 그 애는 이제 가망이 없어."

너의 엄마는 슬픈 얼굴을 하고 있는 게 아니라 슬픔 자체인 것처럼 느껴졌어. 나는 살면서 그토록 절망스러운 눈빛을 본 적이 없었다. 의사는 네가 뇌사 상태에 빠졌고 도저히 가망이 없으니 선택을 하라고 했다고, 너의 엄마는 네 호흡기를 떼기로 결정했다고 말했어.

나는 현실감각이 없어져서 이게 무슨 일인지 잘 이해가 되지 않았지. 네가 죽는다는 것인가. 너는 분명 괜찮다고 했는데, 어젯밤에 내게 찾아와서 다 나았다고, 그러니 걱정 말라고 했는데. 네가 이럴 줄 알고 간밤에 나를 찾아왔던 건가.

너의 가족들과 함께 중환자실로 들어가 네 생명을 가늘게 붙잡아두던 호흡기를 뗐다. 너는 여전히 미동이 없었어. 나는 말을 하지도, 울지도, 주저앉지도 않고 그저 너의 얼굴을 쳐다만 봤어. 울고불고 생떼를 쓰는 것도 현실을 인지해야만 가능한 일이었으니까. 현실이라는 걸 나는 제대로 인지하지도 못했고 그래서 아무 것도 이해할 수 없었으며 난 그저 좀비처럼 가라면 가고 앉으라면 앉고 그런 상태였어.

나는 너무나 아무렇지 않아서 아무것도 할 수 없었고 이렇게 아무렇지 않은 내 자신이 너무 이상했어. 네가 죽는다. 네가 죽는데 왜 나는 아무렇지 않은 거지. 죽는다는 건 도대체 어떤 의미일까. 나는 또 왜 여기에 있는 거지? 하나도 슬프지 않다. 슬픈 게 어떤 기분인지도 모르겠다. 나는 다만 그때 아무것도 모르겠다는 생각뿐이었어.

너의 장례를 치르며 그 창백하고도 차가운 살갗을 보면서, 네가 화염 속으로 들어가 한 줌의 재가 되어 나올 때도 나는 정말 아무렇지 않았어.

너를 보내고 집에 돌아오자 나는 갑자기 뒤늦게 네가 없다는 것을 인지했고, 그것을 인정하자 몹시 아팠어. 정확히는 두려웠던 거지. 너는 떠났고 나는 남겨졌다는 사실이 무서웠어. 그건 그때까지는 알지 못했던 종류의 고통이었어.

나는 너무 아파서 잠을 잤어. 잠자는 시간만이 유일하게 아프지 않았기 때문에 그저 죽은 사람처럼 잠만 잤어. 깨고 나면 네가 없는 현실을 받아들이기가 너무 힘들었어. 나는 당시에 현실보다 꿈의 세계가 더 현실이길 바랐기 때문에 내게는 꿈이 현실이었어. 그 때 내 세계는 꿈과 현실의 경계가 완전히 무너져 있었다.

그맘때쯤 나를 가장 괴롭히던 것들은 이런 생각들이었어. 왜 너에게 이런 일이 일어났을까, 하고많은 사람들 중에 왜 하필 너여야 했을까, 너는 아무런 잘못도 하지 않았는데, 너는 누구보다 바르고 예쁜 사람이었는데, 왜, 어째서…… 또 나는 왜 너를 좋아했을까, 처음부터 너를 좋아하지 않았다면 괜찮았을까, 아니 애초에 너를 만나지 않았다면 괜찮았을까, 그때 내가 이랬다면 어땠을까, 이렇게 했다면 달라졌을까, 하는 생각들…….

하지만 결국엔 하나의 고정된 현실이 있고 그게 어떻게 해도 달라질 수 없다는 걸 너무나 잘 알고 있기에 괴로웠지. 그럼에도 계속해서 과거에, 상상에 안타까워하고 절망하고 원망했어. 누구를, 또 무엇을 원망하는지 몰랐지만 나는 원망했어. 그게 아무런 소용이 없다는 걸 알면서도.

다시 그 때로 돌아갈 수만 있다면 난 절대로 너를 좋아하지 않을 것이라 다짐했어. 그러나 지금 생각해보면 정말로 내가 다시 돌아간대도 너를 좋아하지 않을지는 확신이 없다. 사람이 사람을 좋아하는 것, 그것은 이성과 논리로 판단할 수 있는 일이 아니기에, 내 뜻대로 할 수 없는 일이기에, 난 아마도 또 너를 좋아하게 되겠지. 그 대가로 상처 받겠지만. 돌아가고 또 돌아가도 나는 계속해서 너를 좋아하는 일을 멈출 수 없을 거야

13년 만에 보내는 편지 2

몇 년 동안 여름이 되면 아팠어. 내가 의식적으로 기억하지 않아도 내 몸은 그것을 기억했으니까. 처음으로 세상과의 신뢰가 허물어졌던 공포와 공허감이 되살아났어. 나는 분했고 억울했고 그런 감정들을 어떻게 해야 할지 몰랐기 때문에 내 몸은 대신 아팠나 봐.

6년이 지나고 나서야 나는 내 서랍에 보관해온 그때의 휴대폰을 정리하기로 했어. 사진, 문자, 메모, 그 시절의 내 모든 게 담긴 물건이었어. 그 날, 네 호흡기를 떼고 멍하니 앉아 휴대폰을 만지작거리고 있을 때 너의 엄마가 오열하던 모습이 생각났어. 우리 아들이랑 같은 거네, 하면서 아기처럼 엉엉 울던 그녀의 모습이. 네가 나와 같은 휴대폰을 사고 커플폰이라고 나에게 자랑하던 너의 웃음이 떠올랐어. 도저히 버릴 수 없던, 버려지지 않던 그 물건을 버리고 나는 이제 너를 정말 떠나보내기로 다짐했어.

세상에 대한 원망과 분노도 그만 멈추기로 했어. 스스로를 자책하고 괴롭히는 일도. 조울증과 망상에서 벗어나 제대로 된 인생을 살아봐야겠다고 결심했어. 그 작은 의식으로 인해 나는 아주 빠르게 몸과 마음이 회복됨을 느꼈고 그제서야 너와 함께 했던 시간들을 덤덤히 추억할 용기를 낼 수 있었어. 곧이어 나는 새로운 삶을 시작하기 위해 뉴욕으로 떠났고 그 곳에서 완전히 새로운 마음으로 나만의 인생을 재정립하기 시작했지.

물론 너의 죽음이 더 이상 내 인생에 아무런 영향을 미치지 못한다는 것은 아니야. 그 기억은 내가 인지하지 못할지라도 여전히 내 마음 깊숙한 곳에 늘러 붙어 지금의 나를 만들어나가고 있을 테니까. 그러나 이제 나는 그것을 내 인생의 일부분으로 받아들이기로 했어. 이것이 나라는 사람의 인생 이야기에 필요했던 사건이었다고. 나라는 사람을 구성하는 한 부분이라고. 모두가 다르게 살아가니까 각자는 각자만의 기쁨과 아픔과 슬픔을 감당하게 되겠지. 이제 나는 그것들과 함께 나아가는 방법을 배우고 싶다.

지금에서야 이렇게 너에게 편지를 쓰는 것은 이

글을 읽을 누군가에게 내가 이렇게 힘든 일을 겪었으니 좀 알아달라거나 감사하게 살아보라는 그런 속된 조언이나 충고 따위를 하려는 게 아니야. 한 사람이 겪는 슬픔과 아픔을 상대적으로 더 아프고 덜 아프고, 하며 나눌 수는 없으니까. 그래, 그건 객관적일 수 없는 부분이지. 그러니 내가 이런 일을 겪었기 때문에 더 아픈 사람이고 너는 나에 비해 덜 아픈 사람이야, 하는 것도 무의미하겠지. 누구나 자기 입장에서 자신이 제일 아프고 힘들 수밖에 없는 거잖아. 우리는 누군가의 경험을 그저 추측해 볼 뿐이지 결코 그 사람의 경험의 깊이까지는 헤아릴 수가 없으니까. 그러니 누군가의 아픔에 그랬구나, 공감을 해주고 위로해줄 순 있겠지만 그건 이만큼 아픈 거고 또 저건 이만큼 아팠고 하면서 수치로 우위를 가릴 수는 없는 거야.

그러나 한 가지 바람이 있다면, 무언가를 잃은 아픔과 원망으로 괴로워하는 사람에게 내가 누군가의 글을 보고 위로를 받았듯 그 역시 조금이나마 위로를 받았으면 좋겠어. 그리고 이제 그만 그 컴컴한 절망에서 벗어나 가엾은 자신에게 돌아가라는 말을 전하고 싶다.

나는 글을 쓰는 사람이고 내 이야기를 하는 사람

이고, 글로 나를 털어내면서 치유하는 사람이니까 내 안의 것들을 뭐든 표현하고 해소하고 싶었어. 언젠가는 이 이야기를 하고 싶었고, 아무렇지 않게 덤덤히 네게 편지를 쓸 수 있는 날이 오기를 바랐어. 정말 간절하게.

그리고 꼭 13년 만에 나는 네게 이야기를 할 수 있게 되었다. 내가 이 이야기를 고백하면서 내게 어떤 파장을 불러일으킬지 다시 내게 고통이 될지 어떨지는 나도 잘 모르겠다. 이 이야기를 아는 누군가, 혹시 그의 가족이 내 글을 읽게 될 수도 있다고도 생각해. 그러면서 아물어가는 상처를 다시 후벼 파는 일이 되지 않을까 나는 사실 조바심이 난다. 누군가에게 털어놓으면 가슴이 시원해지는 것처럼 어쩌면 나는 내 이기심으로 이 이야기를 쓰고 있는지도 모르겠어. 내가 이기적인 사람인지도. 그러나 그래도 나는 내가 기억하는 그 때의 너와 나를 글로 남겨놓고 싶었어. 잘 모르겠지만 그냥 쓰고 싶었고 그뿐이야.

나는 여전히 너의 모습을 기억해. 너를 떠올리면 길게 찢어진 눈, 장난기 많은 웃음, 밝고 명랑한 표정, 아무 때고 노래를 흥얼거리던 모습, 가끔은 어른스러운 태도… 그런 것들이 생각난다.

만약 네가 살아있다면…… 나는, 우리는 어떻게

됐을까…… 가끔씩 그런 생각도 해 본 적이 있어. 그러나 만약이라는 것은 과거의 잔여물일 테지. 나는 후회로 얼룩진 삶보다는 아직 다가오지 않은, 내가 바꾸어 나갈 수 있는 앞으로의 삶을 살고 싶어.

어쩔 수 없는 일들, 원하든 원하지 않는 겪게 되는 사건들, 간절히 바라고 또 바랐지만 결국 이뤄지지 않는 이야기들. 나는 인생이란 결코 내가 원하는 대로 흘러가지 않으며 아무리 절실해도 안 되는 일이 있다는 걸 점차 배워나가고 있는 중이야. 그 누구도 바라지 않았고 그 누구도 예상하지 않았지만 어떤 일들은 그냥 벌어진다는 것. 그러나 그것이 누구의 잘못도 아니라는 것을 이제는 알고 있어. 그러니 나는 계속해서 나아가 보려고 해. 아직 쓰여지지 않은 내 인생의 책을 최선을 다해 만들어 나가려 해. 그것이 너와 나의 짧았던 만남을 헛되지 않게 할 수 있는 내 최소한의 노력이니까. 그리고 그것이 지금 여기에 남겨진 사람들에게 속한 의무라고 믿고 있기 때문에.

J, 아직 늦지 않았다면 그 날 네게 못한 마지막 인사말을 전하고 싶어.

그 때, 내게 와줘서 참 고마웠다. 그리고 너를 만나서 즐거웠어.

존재의
쓸모

다음에, 다음에.

다음은 없어.

지금이 아니면

다음은 영원히 존재하지 않는데.

모든 선택에는 책임이 따른다

태어나서 경찰서를 딱 두 번 가봤다.

첫 번째는 중학교 3학년 때였는데 어느 날 내 휴대폰으로 전화가 한 통 왔다. 형사라고 자신을 소개한 남자는 조사할 게 있는데 언제 시간이 되느냐고 물었다. 무슨 일인지는 몰랐지만 너무 무서웠고 그걸 거부하거나 전화를 끊어버리면 안될 것 같은 생각에 순순히 약속을 잡았다. 그는 나와 내 친구들 몇 명의 이름을 얘기하며 함께 조사를 받아야 한다고 했고 우리는 떨리는 마음으로 약속 장소에 나갔다.

거기서 형사라는 한 남자를 만났고 그는 우리를 차에 태우고는 경찰서로 향했다. 지금 생각해보면 누군지도 모르는 사람의 말을 믿고 그의 차에 따라 탔다는 게 소름끼치게 무서운 일이다. 자칫하면 납치를 당했을 수도 있는데 함부로 남의 차에 타다니! 그러나 그때는 피싱 같은 범죄도 생소했을 때라 의

심조차 못했고 그런 걱정보다는 그저 그 사람의 말을 듣는 게 더 우선인 것 같았다.

다행인지 불행인지 우리는 진짜 경찰서에서 내렸다. 거기 어떤 방에 우리를 데려가더니 한 명씩 조사실로 데리고 들어갔다. 무슨 일인진 몰라도 그 분위기가, 또 앞으로 어떻게 될지 너무 걱정되고 무서웠다.

조사실에 들어가자 그 형사는 내게 대뜸 너 도둑질 했지? 하는 것이었다. 네? 아니요? 저 도둑질 한 적 없는데요, 라고 하자 너 OO 팬시점에서 뭐 훔쳤잖아! 하고 윽박지르기 시작했다. 나는 울면서 저는 잘 모르겠는데요 하니까 우리 다 CCTV 보고 온 거니까 거짓말 할 생각하지 마, 하면서 무섭게 쏘아붙였다. 안 그래도 험상궂은 얼굴인데 화를 내자 더욱 무서워 보였다. 사실대로 여기에 쓰면 용서해 줄 테니까 적으라고 했다. 계속 아니라고 해도 되돌아오는 건 그의 신경질적인 음성뿐이었다.

그는 점점 화가 나는 듯 했다. 일단 잘 모르겠지만 나는 나도 모르게 네, 라고 말을 했다. CCTV를 봤다는데 그럼 내가 정말 훔친 게 아닐까? 하는 생각이 들었다. 두려워서 심장이 뛰었고 우느라 생각도 잘 되지 않았다. 그냥 그 방이, 형사가, 그 상황이 너무 무섭고 두렵다는 생각뿐이었다. 내가 대답을 하기 전에는 끝나지 않을 것 같았다.

내가 대답하자 그 형사는 종이 한 장을 주면서 여기에 니가 훔친 목록 다 적어! 하는 것이었다. 나는 내가 뭘 훔쳤는지 몰라서 뭘 써야할지도 몰랐다. 그 팬시점은 내가 어릴 때부터 자주 가는 곳이었다. 최근은 아니라도 언젠가 볼펜이나 머리핀 같은 것을 훔쳤는지도 몰랐다. 오래 전의 CCTV 화면을 보고 나를 추적해서 지금 이렇게 조사를 받고 있는지도 몰랐다. 그런데 그렇다 해도 여전히 기억도 안 나고 뭐가 뭔지도 모르겠는데 뭘 써야하지?

나는 한참을 망설이다가 빨리 쓰라고 화를 내는 형사에게 겁을 먹고 맨 위에 '볼펜' 이라고 적었다. 옆에 금액을 적으라고 해서 나는 600원이라고 적었던 것 같다. 또 적으라고 자꾸만 성화기에 그 밑에 다시 '볼펜-600원' 을 적었다. 2개를 적자 형사는 계속 적으라던 아까와는 다르게 다 적었으면 나가도 된다고 말을 했다. 나는 손을 바들바들 떨면서 울면서 조사실을 나왔고 집으로 돌아왔다.

그 뒤로 잠잠했다. 집으로 전화가 올 것 같아서 불안했는데 몇 달이 지나도 연락이 없었다. 그냥 그렇게 하나의 해프닝으로 일이 끝났다고 생각했다.

중학교를 졸업하고 고등학교에 진학한 뒤 얼마 지나지 않았을 때, 급히 오라는 방송을 듣고 교무실로 가니 거기에 아빠가 앉아 있었다. 아빠는 흥분한 얼굴로 종이를 내밀면서 이게 뭐냐고 내게 물었다. 그걸 집어 들자 거기엔 법원에 출두하라는 소집 명령 같은 게 적혀 있었는데 죄목이 "상습 절도"였다. 아빠는 처음에 그걸 보고 너무 놀라서 내게 전화를 걸었는데 내가 받지 않아 학교로 찾아왔다고 했다.

난 처음에 그 종이를 보고 이게 뭔가, 하고 나도 잘 모르겠다고 말했는데 곰곰이 생각해보니 중학교 때 경찰서에서 조사받은 그 일인 것 같았다. 일단 내가 나가서 이야기 하자고 아빠를 밖으로 끌어내 상담실로 갔다. 자초지종을 설명하자 아빠는 왜 경찰서에서 있지도 않은 일을 네가 했다고 했냐며, 바보 같다고 꾸짖었다. 너무 무섭고 두려워서 그랬다고 하자 아빠는 더 이상 나를 추궁하지 않았다.

결국 나는 경찰서에서 조사를 받고 일 년이 지난 어떤 날에 법원에 가게 됐고 거기서 재판을 받게 됐다. 죄목은 말했다시피 "상습 절도"로 600원짜리 볼펜 두 개를 훔친 죄로 재판을 받게 된 것이다. 법원에는 한쪽 벽에 크게 재판을 받을 학생들의 이름이 나열되어 있었는데 폭행이 대부분이었고 특수 절도라는 것도 있었고 드물게는 강간도 있었다. 거기에 상습 절도는 나뿐이었는데 거기에 모여 있는 학생들이 무서워서 나는 거의 눈을 마주치지도 않았다.

내 차례가 되어 재판장 앞에 서자 그는 죄목이 미미하고 초범인 점을 감안해 다짐 하나만 받고 집으로 돌려보내겠다고 말했다. 앞으로 이런 일은 없을 거지? 하고 묻자 나는 네, 앞으로는 절대 이런 일이 없을 거예요, 잘못했습니다. 하고 말하고는 재판정을 빠져 나왔다. 부모님은 그 일에 대해 나에게 화를 내거나 야단치지는 않았지만 이번 일을 통해 너도 배우는 게 있을 거라며 나를 타일렀다.

나중에 알게 된 사건의 전말은 이랬다. 같은 학교에 다니던 친구 A가 마트에서 무언가를 훔치다가 붙잡혀 경찰서로 오게 됐다. 경찰서에서 조사를 받던 중 혼자만 이렇게 된 것이 억울했는지 A는 생각나는 친구들의 이름을 얘기했다. 형사는 A가 말한 아이들을 불러들여 한명씩 협박을 하며 추궁한 것이다. 그러니까 직접적으로 어떤 범행을 저지르고 조사를 받은 게 아니라 그냥 무작위의 아이들이 죄를 덮어쓴 꼴이 된 것이다.

내가 조사를 받을 때에도 형사는 마지막으로 다른 친구들의 이름을 적고 가라고 권했다. 나는 아무 것도 모른다고 하고 그곳을 급히 빠져나왔다. 어디선가 듣기로 형사들은 실적이 필요했다고 한다. 순진한 아이들을 잡아놓고 윽박지르면 뭐라도 하나씩은 나오기 마련이니까. 거기에 넘어갔든 아니면 겁에 질렸든 어쨌든 내가 그랬다고 인정을 하면 나는 즉시 범죄자가 되는 것이다. 두 개 이상을 훔치면 무조건 상습 절도가 된다. 그러니 형사들은 실적을 올리기 위해 계속 더 쓰라고 다그쳤고 내가 600원짜리 볼펜 2개를 적고 나서야 나를 순순히 보내주었던 것이다. 그렇게 많은 아이들이 계속해서 상습 절도범으로 재판을 받으러 갔다.

나는 좀 억울했다. 나는 아니라고, 단순히 형사들이 겁을 줘서 아무거나 적은 것이라고, 그렇게 나중에라도 번복했다면 나는 내 정당함을 인정받고 무죄가 될 수 있었을까? 재판관 앞에서 내가 한 게 아니고 사실은 이렇다고 말을 했다면 처음부터 다시 조사를 받게 되었을까? 아니면 여전히 뉘우치지 않는다고 내게 벌을 내렸을까?

모르겠다. 하지만 그 때는 이미 너무 많은 것이 걷잡을 수 없이 커져버렸다는 생각뿐이었다. 그저 사건이 잘 마무리되기만을 바랄 뿐이었다. 나는 처음 서 본 재판정에서 죄송하다는 말밖에는 할 수가 없었다. 어쨌든 나는 유죄든 무죄든 내 죄를 인정하는 선택을 했고 그 때문에 실제로도 얼마간은 죄책감을 가져야만 했다.

그 뒤로도 나는 자주 그 형사들에 대해 생각했다. 그들은 왜 그런 짓을 하는 것인가에 대해. 왜 아이들에게 범죄자라는 낙인을 찍어야만 했는지. 자신들의 배를 불리기 위해 순진한 아이들을 희생시켜야만 했는지. 그리고 그들은 아이가 있는지에 대해. 자신의 아이가 이 같은 일을 당했다면 어땠을지에 대해 생각했다.

나는 그때 너무 순진해서 남들이 그렇다면 다 그런 줄 알았고 어른들의 말이 무조건 맞는 줄 알았다. 세상이 어떻게 돌아가는지, 어떤 사람들이 나와 함께 살고 있는지 잘 알지 못했다. 점점 나쁜 어른들이 많다는 걸 알게 될수록, 어른들 말이 틀리다는 걸 알게 될수록 세상이 잘못된 게 아닌가 하는 의구심도 커져갔다.

그렇게 점점 세상을 알게 되면 나도 그들처럼 자기 잇속밖에 모르는 이기적인 인간이 되는 걸까? 어쩌면 그들이 맞는지도 몰랐다. 나만 행복하면, 나만 잘되면, 나만 가지면 뭐가 어떻든 간에 괜찮은지도 몰랐다. 다들 그렇게 하니까. 그렇게 하지 않으면 나만 손해를 보게 되는지도 몰랐다.

그렇지만 지금에 와서 나는 그냥 손해를 보는 편이 낫겠다고 생각한다. 사실은 그게 손해라고 생각하지 않는다. 다들 자신이 믿는 가치관대로 살아갈 테니 그게 손해라고 믿는다면 손해일 수도 있겠다. 나는 그저 그런 가치관을 믿지 않을 뿐이다. 나만 행복한 것은 결코 가능하지 않은 일이다. 내 가족이, 친구가, 사랑하는 사람들이 불행한데 어떻게 나만 행복할 수 있는 걸까. 행복이라는 것이 그렇게 독자적으로 이루어지는 일은 아니지 않은가.

삶을 더 간단하고 편리하게 살 수도 있다고 생각한다. 내가 추구하는 방법이 까다롭고 엄격할지도 모른다. 그러나 나는 스스로에 대해서만큼은 더 철저해져야 한다고 생각한다. 그렇지 않다면 조금만 방심해도 더 쉽고 편한 방법으로 나를 변명하려 할 테니까. 그러다 나를 합리화 할 테고 조금씩 조금씩 비겁해지다가 언젠가는 내 배를 불리기 위해 순진한 누군가를 고발하게 될지도 모를 일이다. 그러나 그 전에 나는 이미 충분히 괴로워하게 될 것이다. 자신의 비겁함을 보는 일만큼 고통스러운 일도 없기 때문에. 언젠가 읽었던 작가 캐롤린 미스의 글이 와 닿아 메모해 두었다.

의식적으로 무엇을 안다는 것은 쉽지 않다. 내가 선택하는 것의 깊은 의미, 즉 선택에는 책임이 따른다는 것을 알기 전에 내 삶은 훨씬 더 쉬웠다. 외부에 책임을 떠맡기는 것은 그 순간에는 훨씬 더 쉽게 느껴진다. 그러나 삶을 더 깊이 이해하게 되면 그렇게 자신을 속이는 것을 견딜 수 없어진다.

그녀의 말처럼 모든 선택에는 책임이 따른다. 그러니 선택을 할 때에는 나의 이익이 아닌 나의 책임을 먼저 생각해야 한다. 과연 이 선택을 하는 것이 정당한 것인지, 자신에게 물어야 한다. 겉으로 보기에 좋아 보이는 것이 아니라 진정으로 자신에게 좋은 선택이어야 한다. 그런 선택은 아무도 없을 때에도, 혼자 있는 순간에도 이루어져야 한다. 하는 척하는 것 말고, 남에게 보여주기 위한 선택이 아니라 혼자서도 일관되게 할 수 있는 선택, 반대로 혼자서 할 수 있는 선택이 공식적으로도 이루어져야 한다.

만일 자신에 대해, 자신의 인생에 대해 진지하게

숙고하고 고민해 본 사람이라면 자신을 속이는 일은 이제 더 이상 할 수 없을 것이다. 쉬운 삶, 편리한 삶, 그것만이 다가 아니기 때문에. 그것이 결국 아무런 소용이 없다는 걸 알기 때문에. 스스로 성실한 삶은 어떤 순간에도 쉽게 탓하고 비난하고 포기하지 않을 수 있다. 모든 선택이 자신의 책임임을 자각하고 있기에 결과를 겸허히 받아들일 수 있다.

그래서 나는 자신에게 솔직하고 성실한 사람만이 자신의 인생을 진정 이끌어 나갈 수 있다고 믿는다. 나는 내가, 내 삶이 그럴 수 있기를 바라고 있다. 내 마지막 순간에 그것이 옳은 것임을 증명할 수 있기를 바라고 있다.

선생님이 될 수 없다

중학교 일 학년 때 학급에서 아버지의 직업을 조사한 적이 있었다. 입학 첫 날 이런저런 호구조사를 했는데 그 때 우리 집은 부모님이 하던 몇 개의 사업이 부도가 나서 쫄딱 망해버렸고 아버지의 직업이 없었다. 때는 IMF였다.

그 첫 날에 직업을 몇 십 개의 군으로 쪼개놓고 선생님이 하나하나 부르면 그것에 속하는 학생은 손을 드는 방법으로 조사를 했다. 건축, 의료, 요식업, 사무 등등 여러 직업군이 불려지는 동안 나는 손을 들지 못했고 마지막 항목이 남을 때까지 그랬다. 손 안 든 사람 있어? 하고 호명했을 때 나는 손을 들었다. 너희 아버지 직업은 뭐니? 라고 선생님이 물었고 우물쭈물 망설이다가 뱉은 말은 모르겠어요… 였다. 그 때 교실 안 모두의 시선은 내게로 향해 있었고 내 심장은 요동치고 있었고 얼굴은 점점 상기되어 갔다. 나는 14살이었고 충분히 감성적이었다.

그 때 정년이 가까워오던 담임선생님은 어이가 없다는 말투로 "참 나, 지 아비 직업을 모르는 애도 있네 세상에." 라면서 혀를 끌끌 찼다.

지금 생각하면 그 때 대충 아무 직업에나 끼워 맞춰서 적당히 손을 들었으면 될 것을 나는 왜 그렇게 정직해야만 했을까 하는 의문이 든다. 그만큼 어리고 순수했던 것일까? 그때 내 최고의 거짓말은 모르겠다, 였다. 알지만 모른다고 밖에는 말할 수 없었다.

또 가정환경 조사라고 해서 종이를 나눠주고 본인의 집이 속한다고 생각하는 소득 수준을 상, 중, 하로 체크를 하라고 했다. 집이 자가인지 전세인지 월세인지를 체크하라고 했고 차가 있는지 그 밖에 가정환경에 대한 상세한 질문들이 있었다. 그땐 순진하게도 착실히 그것들을 문제 풀이하듯 적어 갔는데 지금 생각해보면 정말 이상한 것들이었다. 그 종이를 내던 날 담임선생님이 우리에게 한 말이 아직도 잊혀지지 않는다.

웃긴 게 뭔지 알아? 너네는 다 중산층이라고 적어 냈더라? 나 원.

하면서 또 혀를 끌끌 찼다.

불과 20년 전인데 지금 생각해보면 머나먼 옛날 얘기 같다. 오래된 기억이어서가 아니라 그 시대가 마치 옛날 시대 같다. 그런 원시적인 방식으로 학생들을 교육시켰다는 게. 설마 지금도 그런 기준과 방식으로 아이들을 대하진 않을까 하는 우려도 든다.

나의 어린 시절 이야기를 알고 있는 측근들은 이따금 얼마나 힘들었겠냐며 나를 위로하는데 나는 사실 별로 힘들지 않았다. 괜히 내가 어른스러운 척 하느라 괜찮다고 하는 게 아니라 정말 그 당시엔 그렇게 힘든 줄 몰랐다. 그냥 다들 그렇게 사는 줄 알았으니까.

우리 집이 망했다고 해서 딱히 내가 부족하게 자란 것도 아니었다. 나는 보통 아이들이 누릴 수 있는 것들을 대체적으로 누렸다고 생각한다. 오히려 그 이상을 누렸을 수도 있다. 부모님은 할 수 있는 만큼의 최선을 해주었다.

당시에 내가 괴로웠던 딱 한 가지는 그냥 부끄러움이었다. 우리 집이 망했다고 누군가 수근거리지는 않을까 하는 생각으로 매일을 전전긍긍했던 것 같다. 그것이 심해졌을 때는 대인기피증에 걸리기도 했다. 나를 그렇게 몰아갔던 것은 학교와 선생님의 영향이 컸다. 어떤 가시적인 기준을 정해 놓고 그걸로 우열을 가리려는 방식이 나를 움츠러들게 만들었다. 당시에 학생들이 가지고 있었던 학교와 선생님에 대한 이유 없는 반항심은 그런 억압과 압박에 대한 반감이었을 것이다.

선생님이 되는 일은 세상에서 가장 의미 있고 어려운 일 중에 하나라고 생각한다. 그렇기 때문에 아무나 선생님이 될 수 없고 또 아무나 되어서도 안 되는 거라고. 당연히 나는 한 번도 선생님이 되고 싶다거나 될 거라는 꿈을 가져본 적이 없는데 누군가에게 직접적인 영향을 끼칠만한 사람이 되지 못한다는 생각에서였다.

만약 나로 인해 누군가 인생에서 가장 중요한 부분을 그릇된 방식으로 이해하게 된다면 그땐 어떻게 해야 되는 걸까. 혹 내 실수로 누군가의 인생을 망쳐버리게 되지는 않을까 두렵기도 하다. 누군가의 인생에 끼어들어 그들을 이끌어 나가려면 견고한 의지와 각오가 있지 않으면 안 되는 일이라고 생각한다. 그래서 나는 선생님이 될 수 없는 거고.

어떤 문제가 생겼을 때 가장 조언을 잘 해줄 만한

사람, 또 중요한 사람은 선생님이라고 생각하는데 의외로 사람들은 가장 중요한 사람보다 가장 무의미한 사람들에게 자신의 속마음을 털어놓는다. 때로는 무의미한 것들에게서 안전함을 보장받기 때문이다.

나 역시 스스로의 상처와 괴로움에 대해서 단 한 번도 선생님에게 얘기해 본 적이 없다. 그러나 선생님이라면 학생들에게 가장 안전한 대상이어야 한다. 학교라면 학생들에게 가장 안정한 장소여야 한다. 지금의 학교와 선생님은 그럴 수 있었으면 좋겠다. 내가, 우리가 하지 못했던 많은 말들을 지금의 학생들은 할 수 있었으면 좋겠다. 가장 안전한 곳에서 가장 안전한 사람에게 인생을 배워 나갔으면 좋겠다.

글 쓰는 사람들

종종 사람들은 내게 어떻게 글을 쓰는지, 또 글을 쓸 때 어디에서 어떻게 소재를 찾는지 궁금해 한다. 그러나 나는 '어떻게' 라는 말은 그리 적절치 않다는 생각을 한다. 써야 하기 때문에 써야 하는 사람들, 이유와 결론이 같은 사람들에게는 그 '어떻게' 라는 말은 소용이 없어지기 마련이니까.

대개 작가는 쓰는 직업을 가진 사람이라고 여기겠지만 나는 작가가 생각하고 느끼는 사람이라고 생각한다. 끊임없이 생각하고 사유하고 느끼고 새롭게 바라보는 사람들이 작가가 아닐까 하고.

비록 공개하지는 않았을지라도 내 대부분의 글쓰기는 후회하고 반성하고 다짐하는 내용이 많은 부분을 차지한다. 글을 쓴다고 모든 것을 용서받을 수는 없겠지만 그래도 나는 나의 올바르지 못했던 많은 것들을 글로 적는다. 아무런 결과가 따르지 않는다

하더라도 나는 계속해서 적을 수밖에 없을 것이다. 때론 아무것도 변하지 않아도 그것을 행하는 과정 자체로 의미가 있는 일들이 있기 때문에. 결과의 의미든 과정의 의미든 아니면 아무 의미를 찾을 수 없더라도 나는 계속 의미를 찾기 위해 노력할 것이다. 노력하려는 마음이 있어야 무언가를 발견할 수 있으니까.

그런 사람들이 많아졌으면 좋겠다. 모두가 글을 썼으면 좋겠다. 아무 이유 없이 글을 썼으면 좋겠다.

그동안 살아온 나에게 고맙다

초판 1쇄 발행 2019년 10월 17일

지은이 김나래
발행인 정영욱

책임편집 김 철 | **편집** 정영주 | **디자인** 정영주
도서기획제작팀 김 철 여태현 김태은 정영주 정소연
디자인·마케팅팀 유채원 홍채은 김은지 백경희

펴낸곳 (주)BOOKRUM | **주 소** 서울특별시 구로구 디지털로 234 지하이시티 1813호
전 화 070-5138-9971~3 (도서기획제작팀) | **이메일** editor@bookrum.co.kr
홈페이지 www.bookrum.co.kr | **인스타그램** bookrum.official
포스트 http://post.naver.com/s2mfairy | **블로그** http://blog.naver.com/s2mfairy

ISBN : 979-11-6214-297-4

※ 이 도서의 국립중앙도서관 출판시도서목록(CIP)은 서지정보유통지원시스템 홈페이지 (http://seoji.nl.go.kr)와 국가자료공동목록시스템 (http://www.nl.go.kr/kolisnet/)에서 이용하실 수 있습니다.

※ 오탈자 및 잘못 표기된 부분은 위 이메일 주소로 보내주시면 감사하겠습니다.